ALFAGUARA

«Próxima Parada Alfaguara» es tu colección

Nos encantaría contar contigo para seleccionar los títulos que más te gusten. Cuéntanos qué te ha parecido este libro y cuáles son los temas sobre los que te gusta leer. Envíanos tu opinión junto con el título del libro, tu nombre, dirección, fecha de nacimiento y teléfono a:

Alfaguara Infantil y Juvenil.
C/ Torrelaguna, 60. 28043 Madrid

Si eres menor de 18 años, es necesario que tus padres autoricen el uso de tus datos, según explicamos más abajo, firmando en la carta que nos envíes (indicando su nombre y NIF, por favor).

PRÓXIMA PARADA ALFAGUARA

ALFAGUARA

Título original: *SPÜRNASE. JAKOB-NACHBARKIND*

Torrelaguna, 60. 28043 Madrid
Teléfono 91 744 90 60

- Aguilar, Altea, Taurus, Alfaguara, S. A. de Ediciones
Beazley 3860. 1437 Buenos Aires
- Editorial Santillana, S. A. de C.V.
Avda. Universidad, 767. Col. Del Valle, México D.F. C.P. 03100
- Distribuidora y Editora Aguilar, Altea, Taurus, Alfaguara, S. A.
Calle 80, nº 10-23, Santafé de Bogotá-Colombia

ISBN: 84-204-4879-6
Depósito legal: M-32.410-2003
Printed in Spain - Impreso en España por
Palgraphic, S. A. Humanes (Madrid)

Primera edición: marzo 1995
Decimonovena edición: julio 2003

Diseño de la colección:
MANUEL ESTRADA

Editora:
MARTA HIGUERAS DÍEZ

Olfato de detective

Christine Nöstlinger

Ilustración de cubierta de Ana Juán

ALFAGUARA

CAPÍTULO 1

*en el que Teresa Cecilia Knitzdeibl,
a pesar de estar muerta, tiene la culpa
de que a Winterstein, el niñero,
se le queme la besamel.*

En un lluvioso día de otoño, a eso de las once, un cartero llamó con insistentes timbrazos a una vivienda del quinto piso de un edificio de Viena.

Sres. ZWOCH ponía la placa de latón de la puerta. Yago Pamperl, de once años, que vivía en la casa de al lado, estaba aquel día en la cama con catarro, y oyó los timbrazos. No es de extrañar: el edificio era nuevo y ya se sabe que las paredes de las casas modernas son como el papel de fumar. Se levantó de la cama, salió corriendo al pasillo y miró para comprobar quién llamaba con tanta insistencia en casa de los Zwoch. Yago Pamperl, a quien los miembros de la familia Zwoch llamaban «el niño de la vecina», no era un chico curioso. Sin embargo, desde la mañana temprano, tras marcharse su madre a trabajar, estaba solo y más aburrido que una ostra. Unas tosecitas y un estornudo cada cuarto de hora no llenan una mañana.

—Perdone, pero antes de las doce nunca hay nadie en casa —informó Yago al cartero—. Yo estoy aquí por pura casualidad. Estoy enfermo.

—Traigo una carta urgente —explicó el cartero—. Para el señor Kurt Zwoch.

Yago extendió la mano hacia la carta mientras se le escapaban dos formidables estornudos.

—Démela a mí... Yo se la daré al mediodía...

—dijo. Y como el cartero parecía remiso, añadió—: ¡Se lo garantizo!

El cartero asintió con un gesto, le dio la carta y se fue escaleras abajo a toda velocidad. Yago regresó a su cama con la carta. En el sobre, con enormes letras de imprenta, estaba impreso el nombre del remitente: DR. KONRAD KNIE, ABOGADO Y NOTARIO.

Yago colocó la carta en la mesilla y contempló el nombre del remitente con el ceño fruncido. Por motivos muy concretos le invadió una gran inquietud. Pero Yago, el niño de la vecina, no se atrevió a decidir si era motivo suficiente para coger el teléfono y llamar al café de la señora Zwoch. Esa decisión, resolvió, tenía que tomarla Winterstein, el niñero.

Porque los Zwoch tenían un niñero. Iba todos los días, de lunes a sábado. Solía llegar sin aliento a eso de las doce, justo antes de que Wuzi, la hija pequeña de los Zwoch, regresara del colegio. Después, preparaba la comida deprisa y daba de comer a Tete, la hija mayor, y a Pups, la mediana, cuando llegaban, dos horas después. Ayudaba a Wuzi y a Pups a hacer los deberes (Tete no precisaba ayuda, pues era la mejor de la clase) y se quedaba hasta que la madre regresaba del café o el padre de su empresa de importación de ropa. De vez en cuando, la cosa se alargaba hasta medianoche, porque el señor Zwoch solía salir de viaje de negocios (asuntos referentes a camisas-pantalones-chaquetas-abrigos) y permanecía días enteros en Italia o en Inglaterra. Y la señora Zwoch no acudía al café Kripsmeier sólo para merendar, jugar a las cartas o chismorrear. El apellido de soltera de la señora Zwoch era Kirpsmeier. El café pertenecía a su madre. La señora Zwoch trabajaba allí. Cuando el camarero José faltaba, lo que ocurría con cierta frecuencia porque tenía «reúma», la señora Zwoch tenía que quedarse hasta la hora de cierre, hacia la medianoche, y después recoger las mesas y hacer las cuentas.

La señora Zwoch no se cansaba de repetir que sin el niñero Winterstein no habrían podido arreglárselas. Todas las semanas, el niñero repetía que estaba hasta las narices, que se despedía inmediatamente porque no resistía ni un minuto más a la insoportable prole de los Zwoch. En esas ocasiones la señora Zwoch le suplicaba alzando las manos:

—¡Xandi, no puedes hacernos esto! ¡Sin ti estamos perdidos! ¡Te necesitamos como el aire que respiramos! Si tú faltaras, las niñas estarían abandonadas, irían andrajosas, y entonces más me valdría ahorcarme...

El niñero Winterstein, entre enfadado y conmovido, retiraba su espontáneo despido semanal y prometía «permanecer en su puesto». Pero siempre añadía con tono amenazador:

—¡Pero sólo de momento, se lo aseguro!

Y es que Winterstein estudiaba electrónica. Lo de convertirse en niñero ocurrió de una forma alevosa y sibilina. Hacía unos seis años se presentó en casa de los Zwoch tras leer un anuncio en el periódico.

«Matrimonio joven busca niñera simpática para un bebé delicioso, una niña pequeña encantadora y otra en edad escolar muy formal. Cuatro horas un día a la semana», decía el anuncio, y prometía «excelente remuneración».

Al principio Xandi Winterstein acudía a casa de los Zwoch sólo una vez a la semana, al anochecer, para cuidar hasta la medianoche a un bebé que lloraba a moco tendido, a una niña pequeña que le crispaba los nervios y a otra en edad escolar que no paraba de refunfuñar por todo. Mientras tanto, sus padres se iban al cine, al teatro, a cenar a un restaurante o a visitar a sus amigos. Pero muy pronto los Zwoch lo contrataron dos días por semana. Y luego tres. Y cuando alguna de las niñas se ponía enferma, se quedaba a cuidarla. Y cuando la señora Zwoch se marchaba a la peluquería, volvía a recurrir a él. Un buen día, la señora Zwoch decidió trabajar en el café Kripsmeier.

—Sólo por las mañanas, Xandi —le aseguró—. Las mayores estarán en el colegio y sólo tendrás que cuidar de Wuzi, así que podrás estudiar.

A Xandi Winterstein la posibilidad de estudiar y encima cobrar un buen sueldo le pareció «un excelente negocio», de modo que aceptó. ¡Pero la cosa no se redujo sólo a las mañanas! Porque el camarero José padecía «reúma» con demasiada frecuencia, y la madre de la señora Zwoch se iba cada dos por tres a disfrutar unas cortas vacaciones en fines de semana. Y porque miles de razones más hacían necesaria la presencia de la señora Zwoch en el café Kripsmeier. Un buen día, sin saber muy bien cómo, Xandi Winterstein se encontró convertido de repente en «niñero profesional». ¡Trabajando por obligación las veinticuatro horas del día! Hasta tenía una cama en casa de los Zwoch. En un trastero sin ventanas, entre el aspirador, la tabla de planchar, el baúl de la ropa vieja y la escalera. Allí pasaba la noche el niñero cuando el señor Zwoch estaba de viaje por el extranjero y su esposa tenía turno de noche en el café. Bajo su cama provisional se amontonaban libros y apuntes de electrónica. Sin embargo, el niñero se había examinado por última vez hacía ya tres años. Según él, porque las hijas de los Zwoch no le dejaban tiempo para estudiar. Según su novia Elisabeth, justo por todo lo contrario. Ella no se cansaba de reprocharle:

—¡Cuidas a esas criaturas malcriadas de los Zwoch porque no te apetece estudiar! ¡Las usas como excusa, ni más ni menos!

Total, que ese veintisiete de octubre Yago estaba acurrucado en su cama, tosiendo y estornudando y esperando oír los pasos chirriantes del niñero. Porque Winterstein, por lo demás muy ahorrativo, se permitía el lujo de usar zapatos a medida, hechos a mano. Esos chismes crujen y chirrían cuando son nuevos. Primero hay que «domarlos». Y desde hacía una semana el niñero se dedicaba a domar un par nuevo. Doce minutos antes de dar las doce llegó el momento. Yago percibió los chirridos que se aproximaban. (Los tabiques finos de las casas modernas no sólo permiten oír los timbres de las puertas y los crujidos de los zapatos, sino también otras cosas como sonarse la nariz, eructar o tirarse pedos, siempre que en ese preciso momento no haya nadie serrando, haciendo agujeros con la taladradora o dando voces.)

Yago cogió la carta de la mesilla, saltó de la cama, salió de su cuarto como una comadreja y corrió hacia la puerta de su casa, abriéndola de par en par.

—¡Xandi, ha llegado una carta! ¡Para Kurt! —gritó.

Winterstein, el niñero, abría en ese momento la puerta de los Zwoch. Llevaba colgada una mochila de cuero, por la que asomaban hojas de col china, apio, puerros, zanahorias y una barra de pan.

—¡En primer lugar, deberías estar en la cama, niño de la vecina! —dijo el niñero—. Y en segundo, ¡ponte las zapatillas!

El niñero entró en la casa. Se quitó la mochila, se despojó de su gastado anorak de color gris piojo y se pasó las manos por la cabeza alisándose su pelo ralo y rizado que las hijas Zwoch solían llamar «las plumas de Xandi».

Yago le siguió gritando:

—¡Es una carta urgente, Xandi!

Winterstein miró enfadado el pasillo. Por el suelo se veían desperdigados zapatos, calcetines, zapatillas, un par de lápices, unas cuantas camisetas de algodón, un bolígrafo y la pierna de plástico de una muñeca.

El niñero murmuró algo incomprensible y, señalando una cómoda sobre la que se encontraba el teléfono, le dijo a Yago:

—Sabes de sobra dónde se deja siempre el correo.

La palabra «urgente» no le había impresionado lo más mínimo.

—¡Pero es de un abogado que además es notario! —replicó Yago.

—Como sigas descalzo, te vas a poner peor —se limitó a contestar.

Yago rebuscó en el batiburrillo del suelo y cogió dos zapatillas. Una azul con pompón y otra roja con un estampado de estrellitas brillantes. La azul era del 32, la roja del 34. Se las puso y a continuación dejó la carta sobre la cómoda.

El niñero llevó la mochila a la cocina.

—Oye, niño, primero tengo que encender la calefacción —gritó en dirección al pasillo—. Esta no es la temperatura más adecuada para un chico enfermo.

Yago se dirigió al ropero arrastrando las zapatillas, cogió una bata de color rosa cerdito y se la puso. Después atrapó un chal de lana de color verde rana, se lo enrolló alrededor del cuello y siguió al niñero hasta la cocina.

—¿Y ahora... estás ya... satisfecho... conmigo? —le preguntó entre estornudos.

Winterstein suspiró. Se sentiría más satisfecho si Yago se largara a la casa de al lado, a su camita. Bastante tenía ya con cuidar a las tres hijas de los Zwoch. Al menos le pagaban unu buen sueldo por semejante tortura. Sin embargo, nadie le daba un céntimo por aguantar en sus «horas de servicio» a Yago, el niño de la vecina, que encima reclamaba su atención.

Pero el niñero no era tan desalmado como para decírselo.

Yago se sentó junto a la mesa de la cocina.

—¿Es que no vas a llamar a la señora Zwoch al café para decirle lo de la carta? —preguntó.

El niñero Winterstein se ató a la cintura un delantal de florecitas con volantes, sacó de la mochila la col china, el apio, los puerros y las zanahorias, se sentó frente a Yago y comenzó a limpiar las verduras a una velocidad endiablada.

—¿Y para qué voy a llamar a Lotte? —preguntó, mientras pelaba zanahorias y resoplaba de puro celo en el trabajo—. ¿No has dicho que la carta era para Kurti?

—¡Pues por eso, porque Kurti está en Milán! —exclamó Yago con tono de impaciencia—. Y no vuelve hasta pasado mañana. Quizá entonces sea demasiado tarde.

—¿Demasiado tarde? —repitió el niñero—. ¿Para qué?

Yago cogió una rama de apio, la partió en dos y empezó a mordisquear uno de los trozos sin decir palabra. ¡Era un asunto tan difícil de explicar! La situación era la siguiente: el padre de Yago estaba divorciado de su madre. Pero antes, cuando todavía seguía casado con ella, solía recibir con frecuencia cartas de notarios y de abogados. Y las cartas siempre traían noticias desagradables. ¡Deudas! ¡Requerimientos! ¡Últimos plazos! ¡Día de la vista! La madre de Yago siempre palidecía de miedo cuando recogía del buzón alguna de ellas. Yago estaba convencido de que su madre se había divorciado de su padre por culpa de las cartas. Por eso, las cartas de abogados o de notarios presagiaban para él grandes desgracias. ¡De los abogados y de los notarios no podía venir nada bueno! ¡Así de simple!

Yago, sin embargo, estaba casi seguro de que al niñero todo eso le parecería una bobada. Por eso callaba; por eso se alegró tanto cuando sonó el timbre de la puerta antes de que Winterstein pudiera volver a repetir su pregunta.

Tres timbrazos: corto-corto-largo, y el «largo» parecía no tener fin. ¡Esa forma de llamar era, sin lugar a dudas, una de las especialidades de Wuzi!

Yago dejó el trozo de apio, se levantó de un salto y corrió hacia la puerta.

—¡Ya era hora de que viniera alguien! —dijo Wuzi con cara enfurruñada cuando le abrió la puerta. Su tono de voz indicaba que había habido follón en la escuela. Wuzi lo tenía casi a diario. Estudiaba primero y se sentía muy a disgusto en el colegio. No le gustaba nada. Ni la profesora, ni sus compañeros, y menos todavía leer y escribir.

—¡Pero si llevas una llave en el bolsillo! —dijo Yago—. ¿Se puede saber para qué necesitas siempre un portero?

Wuzi se quitó la cartera de la espalda y la lanzó hacia el ropero. Si Yago no se hubiera apartado de un salto, la cartera le hubiera hecho un cardenal en la espinilla.

—¡Eh, ten más cuidado! —graznó Yago.

Wuzi le miró fijamente con los ojos entornados, torció las comisuras de los labios hacia la barbilla y replicó enfadada:

—¡Llevas puesto mi chal, niño de la vecina! ¡Dámelo inmediatamente!

Aunque no tuviera disgustos en la escuela, Wuzi no era una niña muy generosa que digamos. No soportaba que nadie utilizara sus cosas; y menos, sin habérselas pedido antes con tono humilde.

—Menuda roñosa estás hecha —murmuró Yago.

Y tras limpiarse los mocos con una de las mangas de la bata, se desenrolló el chal del cuello y se lo tiró a Wuzi. La prenda pasó volando como un rayo junto a su cabeza.

En su vuelo, una de las puntas del chal rozó el ojo izquierdo de Wuzi. Ésta empezó a dar chillidos, se aplastó las dos manos sobre el ojo izquierdo y comenzó a gritar.

—¡Xandi, Xandi! Yago me ha dejado ciega de un golpe. ¡Ay, qué daño! ¡Me duele horrores!

Quiso ir a la cocina para enseñarle al niñero su ojo izquierdo ciego, pero tropezó con un zapato tirado en el suelo, cayó de bruces y aterrizó con la frente sobre los dedos del pie de una muñeca de plástico mientras soltaba unos berridos espantosos.

Winterstein, el niñero, salió de la cocina como una flecha. De una ojeada evaluó la situación y sacudió irritado la cabeza.

—¡Deja de berrear como una tonta, no ha pasado nada! —dijo agarrándola por los sobacos y levantándola en vilo.

En cuanto volvió a estar erguida y con los pies en el suelo, Wuzi dejó de gritar, apretó los puños y, abalanzándose sobre Yago, comenzó a propinarle puñetazos con las dos manos.

—¡Vaya por Dios! —dijo el niñero—. Esta borrica vuelve a estar furiosa y tiene que descargar como sea.

—¡Pero no a costa mía! —resopló Yago.

La agarró por los puños, sujetándolos con fuerza. La niña no tenía la fuerza necesaria para oponerse a esa presa. Como es natural, aquello la enfureció todavía más y empezó a escupir y a dar patadas mientras gritaba:

—¡Lárgate ya, niño de la vecina! ¡Pero ahora mismo! ¡Piérdete, imbécil, idiota, cretino!

Yago, sin soltar los puños de Wuzi, esperaba a que Winterstein interviniera. Pero el niñero se limitó a quedarse quieto, mientras limpiaba un cuchillo con el delantal y observaba el desigual combate con el ceño fruncido, sin decir una sola palabra. ¡Aquello ofendió profundamente a Yago! Soltó los puños de Wuzi y le atizó un empujón, fuerte y certero, en el esternón. La niña trastabilleó hasta la puerta del baño, se pegó un batacazo contra ella, jadeó para coger aire y se comportó como si el golpe en el pecho le impidiera respirar para el resto de sus días.

Yago se quitó la zapatilla azul con pompón y la de estrellitas brillantes, se despojó de la bata de color rosa cerdito y la colgó en el ropero.

Mientras tanto, Wuzi seguía apoyada en la puerta del baño interpretando el papel de niña-sin-respiración. Cuando Yago, estornudando y profundamente ofendido, se disponía a marcharse, Wuzi cogió aire con todas sus fuerzas y vociferó:

—¡Eso, eso, lárgate! ¡Y no vuelvas nunca, nunca, nunca jamás! ¡Desde hoy tienes prohibida la entrada en nuestra casa!

Yago se disponía a poner la mano en el picaporte, cuando la puerta se abrió de golpe. Tete y Pups entraron, pasaron junto a Yago y se dirigieron como un rayo hacia su hermana pequeña.

—Pero bueno, ¿es que te has vuelto loca de remate? —le gritaron.

Tete se tocaba la frente con un dedo.

—¡Desde luego, te falta un tornillo! ¡Echar al niño de la vecina! ¡Prohibirle que pase a casa! ¡Hasta ahí podíamos llegar, zopenca! Tú no eres quien para decidirlo, ¿entendido?

Pups giró el rostro de Wuzi, colocándolo en dirección a su habitación y le dio un puntapié en el trasero.

—¡Será mejor que te largues, medio metro, si no quieres que te dejemos más enana de lo que eres!

Wuzi se dirigió hacia su habitación dando traspiés.

—¡Se lo diré a mamá! —sollozaba—. ¡Y a la abuela! ¡Os quitará las propinas para siempre! —Wuzi desapareció en su habitación y cerró de un tremendo portazo.

El niñero torció el gesto, como si tuviera un terrible dolor de muelas.

—¿Está la comida? —preguntó Tete.

—Claro que no —contestó el niñero—. ¿Cómo es que habéis llegado a estas horas?

—Porque hoy teníamos conferencia —contestó Tete—. Sólo hemos tenido cuatro clases.

—Ayer avisamos un montón de veces que hoy teníamos conferencia —confirmó Pups.

—A mí nadie me dijo una palabra —rezongó el niñero. Meneó furioso la cabeza y volvió a la cocina.

—Este hombre está sordo, o le está entrando demencia senil precoz.

—A partir de ahora le dejaremos por escrito todo lo que sea importante —dijo Pups.

Yago cogió la carta de la cómoda, se la enseñó a Tete y a Pups y consiguió por fin la atención debida. Ellas inspeccionaron con detenimiento la misiva urgente.

—¡El papel es de primera calidad! —dijo Tete—. ¡Estos sobres son carísimos!

—¡Y menuda dirección! —exclamó Pups—. La zona en la que vive el tal Dr. Knie es supercara.

Tete sopesó la carta.

—Dentro hay dos o tres hojas por lo menos. ¡Seguro!

Pups se la arrebató.

—Pero está muy mal pegada —afirmó tras observar el reverso.

Para demostrarlo, introdujo el índice bajo la solapa del sobre y, como sumo cuidado, lo empujó hacia el extremo.

—¿Es que quieres abrirla? —la voz de Tete sonó preocupada—. ¿No ves que es para papá?

—Va como una seda —murmuró Pups, separando también del sobre el otro extremo de la solapa triangular.

—¡Eso es violación de correspondencia! —advirtió Yago en voz baja.

Pups soltó una risita contenida e introdujo la mano en el sobre.

—Si nos encontramos dentro con un secreto de verdad, lo cerramos de nuevo y en paz —dijo extrayendo la carta.

Era una sola hoja. Plegada dos veces y de un papel muy grueso y rígido.

Pups la desplegó. Los tres a la vez contemplaron fijamente las escuetas líneas que el Dr. Knie, abogado y notario, había dirigido al señor Kurt Zwoch, y permanecieron un buen rato con los ojos clavados en ellas.

—Pero bueno, ¿quién diablos es Teresa Cecilia Knitzdeibl? —preguntó Yago al fin.

—No tengo la menor idea —contestó Tete desconcertada—. No he oído ese nombre en mi vida.

—Y yo tampoco —dijo Pups con parecido desconcierto—. No la conocemos, te lo aseguro.

—Pero ahí habla de... de... —Yago señaló las líneas tecleadas a máquina—... de que Kurti puede heredar de ella, si quiere. ¡Y heredar de un desconocido es imposible!

Tete y Pups asintieron con un gesto de aprobación.

—A lo mejor... —dijo meditabundo Yago—. Bueno, a lo mejor...

Tete y Pups le miraban fijamente, esperando que acabara la frase. Pero de repente, enmudeció. Había recordado una película viejísima que vio una vez por televisión. En ella, un niño abandonado y criado por una familia pobre heredaba, veinte años después, una fortuna de su verdadera y desconocida madre. Yago se dijo, y con razón, que esa posibilidad era demasiado pueril como para plantearla en serio.

—¿Podría buscarme alguien a toda prisa un cubito de caldo? —clamó el niñero desde la cocina—. ¡Porque no están donde deberían estar!

Tete, Pups y Yago fueron a la cocina. Con la carta. Winterstein, junto al fogón, con una jarra de leche en una mano y una cuchara en la otra, removía con ahínco la besamel.

—Basta con uno para buscar los cubitos —se lamentó—. ¡Tres invadís la cocina!

Pups le puso al niñero la carta bajo la nariz.

—¿Xandi, entiendes esto? —preguntó.

El niñero Winterstein dejó la jarra de leche, cogió la carta y leyó, mientras seguía removiendo infatigablemente.

—Teresa Cecilia Knitzdeibl... heredero... lo antes posible... con este motivo... la fecha... —musitaba al mismo tiempo.

—¿Y...? —preguntó Pups.

—¿Y...? —dijo Tete.

—¿Y...? —repitió Yago como un eco.

El niñero le devolvió la carta a Pups.

—Pues está más claro que el agua —dijo—. Vuestro padre es el único pariente que le quedaba en el mundo a esta mujer. Y puede heredarla. Pero también puede rechazar la herencia, ¡faltaría más! No se puede obligar a nadie a algo así. ¿Es que no sabéis leer, o qué?

—¡Pero si nosotros no conocemos a ninguna Teresa Cecilia Knitzdeibl! —exclamó Pups.

—A papá el único pariente que le quedaba era el abuelo, y ya murió. Garantizado. ¡Lo dijo él mismo hace una semana! —exclamó Tete.

—¡Es cierto! ¡Yo estaba delante y lo oí!

El niñero cerró los ojos, su frente se cubrió de arrugas y dejó de remover.

—Un momento, un momento —murmuró—. Hay algo, que... ¡Hace un par de días! ¿Knitzdeibl, Knitzdeibl? ¡Claro! ¡Yo me reí de ese nombre tan raro! —el niñero colocó la cuchara atravesada sobre la sartén—. Y vuestra madre me advirtió que no debía reírme al leer una esquela!

Winterstein se cogió la barbilla con una mano, se rascó la tripa con la otra y meditó durante unos segundos. Luego salió al pasillo a la carrera, agarró la papelera, la levantó y la volcó. Folletos de propaganda sin valor, pañuelos de papel usados, cintas, cáscaras de nuez, envoltorios de caramelos y todo tipo de desperdicios mezclados cayeron revoloteando al suelo. El niñero hurgó y escarbó en ellos.

—¡Ajajá! ¿Qué os decía yo? ¡Aquí está! —gritó mostrando en la mano una hoja de papel con orla de luto.

Pups, Tete y Yago habían ido tras Xandi Winterstein. El niñero les mostró con orgullo la esquela mortuoria. En la parte superior había una cruz negra. Debajo, escrito con letras enormes, se leía:

TERESA CECILIA KNITZDEIBL

«Falleció apaciblemente a los 85 años. La incineración tendrá lugar el 25 de octubre, a las 15 horas, en el cementerio de Hernal. En nombre de todos los que la conocieron y estimaron, Dr. Konrad Knie, albacea testamentario.»

El niñero quitó un par de miguitas de nuez y unas cuantas pelusas de polvo de la esquela e intentó alisar una arruga del papel.

—Lotte dijo que esa tal Knitzdeibl era una tía lejana de Kurti —explicó—. Era una vieja maniática y rarísima, a la que ni siquiera él llegó a conocer bien. Una vez, hace algunos años, quiso visitarla, pero ella no le dejó entrar. Le advirtió por la mirilla que no tenía sentido ir a cazar su herencia, porque pensaba dejárselo todo a la sociedad musical de la que era miembro su marido. Y entonces Kurti se enfadó, claro, porque no pretendía pescar ninguna herencia, sino sólo ser amable, y le contestó que se fuera a freír espárragos y...

El niñero se interrumpió y olfateó. En sus ojos apareció un brillo de horror. Dejó caer la esquela y corrió hacia la cocina gritando:

—¡Maldita sea! ¡Mi besamel!

El niñero abrió de golpe la puerta de la cocina. Nubes de humo, espeso y blanquecino, brotaron de la cocina e invadieron el pasillo. El niñero se sumergió en el humo. Al momento resonó un grito terrible, y Winterstein apareció de nuevo en el pasillo. Con el pulgar, el índice y el corazón de la mano derecha metidos en la boca. Con grandes ayes de dolor, daba saltos de un lado a otro.

—Pero Xandi, ¿qué ha pasado? —preguntaron Tete y Pups horrorizadas.

—He retirado la sartén del fuego —farfulló el niñero a través de los tres dedeos—... sin cogerla con un paño. Estaba al rojo vivo... ¡Ay, ay, qué dolor...!

Yago agarró su mano y le sacó los tres dedos de la boca.

—Déjame ver —dijo inspeccionando las zonas afectadas—. Sólo son quemaduras de segundo grado

—sentenció—. Todavía conservas la piel. Te saldrán unas cuantas ampollas, y eso será todo.

Pero sus palabras no parecieron consolar al niñero, que retiró su mano de las de Yago y continuó saltando de dolor. Tete y Pups empezaron a toser. El humo había inundado el pasillo y olía fatal.

Yago corrió a la cocina, tanteó entre el humo apestoso hasta llegar a la ventana y la abrió de par en par. A continuación cogió un paño de cocina y comenzó a agitarlo para expulsar el humo. El humo que salía le quemaba los ojos y le picaba en la garganta, y el aire frío que entraba le puso la carne de gallina desde la cabeza a los pies. Yago estornudaba, tosía, resollaba y pensaba: «La exquisita crema de verduras se ha ido al infierno. Xandi se ha quemado las zarpas. La sartén seguro que ya no hay quién la limpie. Y con esta corriente, voy a pillar una pulmonía. ¡Lo sabía! Las cartas de notarios y abogados no traen más que desgracias!»

CAPÍTULO 2

*en el que Yago, el niño de la vecina,
apenas puede participar de las preocupaciones
de las hermanas Zwoch, porque ha sufrido una recaída
en la gripe.*

El viernes, a última hora de la tarde, tres días después del incidente del humo maloliente en la cocina de los Zwoch, Pups, Tete y Wuzi estaban en el café Kripsmeier reunidas en torno a una mesa de mármol junto a una ventana.

Tete se mordisqueaba las uñas, intentando quitarlas restos de esmalte de color azul claro. Pups también se ocupaba de sus dedos. Con la uña del pulgar de la mano derecha retiraba las cutículas de los dedos de la mano izquierda. Wuzi daba tirones a las servilletas de papel, convirtiéndolas en flecos. Una montaña de trocitos rodeaba ya su vaso de limonada.

Winterstein, el niñero, leía el periódico en la mesa contigua. En el café reinaba una actividad frenética. Todas las mesas estaban ocupadas. La abuela Kripsmeier, tras el mostrador, atendía la cafetera exprés. La señora Zwoch y José, el camarero, se movían con agilidad entre las mesas llevando bandejas repletas de pastas, bollos y tazas de café, y cada vez que la señora Zwoch pasaba junto a la mesa de Tete, Pups y Wuzi, decía:

—¡Hijitas, sed razonables, por favor! ¡Marchaos a casa! Esto puede durar horas. ¡Y el ambiente está cargado de humo!

Y cada vez que José, el camarero, pasaba junto

a la mesa de las hermanas Zwoch, les reprochaba en voz baja:

—¡Deberíais dejarme libre esta mesa para los clientes de pago!

Pero a Tete, Pups y Wuzi ni se les pasaba por la cabeza irse a casa. Estaban esperando a su padre, que justo en esos momentos debía estar reunido con el doctor Konrad Knie. Después iría al café para informar a su mujer. Tete, Pups y Wuzi consideraban que ellas tenían el mismo derecho a enterarse sin tardanza.

Winterstein tampoco las apremiaba a marcharse. Allí eran más fáciles de cuidar; y sólo tenía que echarles una ojeadita de vez en cuando. Además, sentía curiosidad por lo que el señor Zwoch pudier acontar. Desde hacía tres días, la herencia Knitzdeibl era el único tema de conversación en el hogar de los Zwoch. Los dos primeros días, hirviendo de excitación, se habían dedicado a intentar resolver el enigma, porque el Dr. Knie se cerró en banda y se negó a proporcionarle a la señora Zwoch ni el más leve indicio sobre la «herencia Knitzdeibl». ¡Al fin y al cabo la heredera no era ella!

Ayer, por fin, regresó de Milán el señor Zwoch, a pesar de que todavía le quedaban importantes negocios que resolver. Vino en avión, pues el coche lo había dejado en Italia. Nada más llegar del aeropuerto llamó al Dr. Knie. Pero éste tampoco le contó por teléfono el asunto de la herencia. Se limitó a explicarle la razón por la que él era uno de los posibles herederos: la asociación musical a la que Teresa Cecilia Knitzdeibl había agraciado en su testamento, por desgracia ya ni siquiera existía. ¡Hace quince años que la habían disuelto los dos últimos miembros, tras haber muerto todos los demás! Y como Knitzdeibl no había incluido a ningún otro heredero en su testamento, el Dr. Knie había tenido que investigar por su cuenta para encontrar a sus parientes. ¡Pero sólo había dado con un sobrino segundo, el señor Kurt Maria Zwoch!

Mordiéndose las uñas, retirándose las cutículas, haciendo flecos, las hermanas Zwoch miraban atentas hacia la calle por la ventana del café, concretamente a la parada del tranvía. Cada vez que paraba uno y descendían viajeros, esperaban que su padre se encontrase entre ellos. ¡Pero no aparecía!

—Bueno, a mí me parece que si está tanto tiempo con el Dr. Knie es porque tienen muchas cosas que tratar —opinó Tete—. Y cuando se tienen muchas cosas que tratar significa que la herencia es considerable. Porque, ¿cuánto dura una conversación cuando no hay nada de qué hablar?

—Bueno, también se puede estar hablando horas y horas de tonterías —replicó Pups—. El niño de la vecina dice que mucha gente no deja más que deudas y créditos sin pagar. ¡Cosas de esas! Y que si uno hereda por equivocación a alguien así, puede luego hartarse de pagar como un tonto. A lo mejor el Dr. Knie necesita tanto tiempo para calcular todas las deudas.

—¡Al niño de la vecina lo único que le pasa es que nos tiene envidia! —gritó Wuzi—. ¡Se muere de envidia, por eso dice esas cosas!

—El niño de la vecina no ha sido envidioso en su vida —replicó Tete—. Lo que le pasa es que se quedaría muy triste si nos mudáramos de casa.

—¡Por Tete y por mí, claro! ¡A ti renunciaría de mil amores!

—El niño de la vecina puede tener perfectamente una habitación en nuestra casa —dijo Pups—. Lo tengo todo pensado. A juzgar por las ventanas, la casa debe contar por lo menos con siete habitaciones. ¡Puede que hasta ocho! Demasiadas para nosotros, siempre nos sobrará alguna.

Tete suspiró y pensó en lo sabio que era el refrán que su madre repetía sin cesar desde hacía tres días: «No vendas la piel del oso antes de haberlo cazado.»

La piel del oso era, en este caso, la casa en la que había vivido Teresa Cecilia Knitzdeibl. Una casa maravillosa, situada en un tranquilo callejón lateral, no lejos de donde vivían los Zwoch; tenía planta baja, primer piso y buhardilla y delante un jardín pequeño con una hilera de frondosos lilos a lo largo de la verja de hierro. La gran pregunta que se hacían todos era si la casita formaba parte de la «herencia» o si la Knitzdeibl había vivido en ella de alquiler.

No les hubiera costado demasiado trabajo averiguarlo en la junta de distrito, en el departamento llamado «catastro». Pero a los niños, en eso estuvieron de acuerdo las hermanas Zwoch y Yago, seguro que no les proporcionaban esa información. Las oficinas como esa y las autoridades sólo tratan con adultos. Y mamá se había negado a ir «al catastro».

—¡Primero, *yo* no soy la heredera, y segundo: me parece de una avidez deplorable! —había dicho.

Papá también se negó a intentarlo, alegando que ya se encargaría el Dr. Knie de informarle de todo.

Como es natural, Pups, Tete y Wuzi ya le habían echado un vistazo a la casa. Averiguaron la dirección de Teresa Cecilia Knitzdeibl por la guía de teléfonos.

Por desgracia, sólo pudieron contemplar la casa desde fuera, porque la gran puerta de entrada, pintada de verde, estaba cerrada. Pero no había duda de que allí no vivía nadie excepto la Knitzdeibl, porque sólo había un timbre en la puerta y un letrero con el nombre «Knitzdeibl».

27

Las hermanas Zwoch permanecieron un buen rato inmóviles al otro lado de la calle, frente a la casa, pensando en lo maravilloso que sería vivir allí. ¡Completamente solos en una casa propia! ¡Con una habitación gigantesca para cada una, en vez de un cuartito diminuto! ¡Y sin vecinos que golpeasen enfadados la pared arriba, abajo, a derecha o izquierda, en cuanto hicieran más ruido que un ratón! ¡Y con un jardincillo delantero en el que plantar tulipanes, prímulas y montones de flores! ¡Y con sitio de sobra para invitar a treinta amigos a su cumpleaños!

Pero la casa no estaba en muy buen estado. Incluso desde el otro lado de la calle se distinguían las ventanas podridas y el enlucido cayéndose a pedazos. Tal vez el tejado necesitase repararlo. Tenía agujeros por los que entraban y salían las palomas.

Mamá y papá también la habían visto, pero sólo por las ventanillas del coche, al cruzar frente a ella. Mamá la calificó luego de «montón de ruinas» y dijo que arreglarla la costaría una fortuna. Sería absurdo plantearse siquiera semejante posibilidad, añadió. ¡Sus hijas harían muy bien en quitarse esa idea de la cabeza lo antes posible! ¡En el caso de que papá heredase la casa, habría que venderla! Y es que la señora Zwoch no se caracterizaba por su optimismo, sino que era una pesimista nata.

El marido, sin embargo, no compartía su opinión.

—Seguro que la vieja también habrá dejado dinero. ¡Casrtillas de ahorro, acciones o cosas por el estilo! —les había dicho esa misma mañana a Tete y a Pups—. Su marido y ella eran funcionarios, de modo quc ha disfrutado de dos buenas pensiones durante décadas. Es imposible que se haya gastado el dinero, seguro que ha ahorrado algo. Si heredo la casa, con el dinero la arreglaremos, ¡os lo prometo!

Tete, Pups y Wuzi deseaban que papá tuviera razón. Por regla general solían atenerse más bien a las opiniones de mamá, pues, aparte de que les gustaban más, solían ser más acertadas.

—¿Qué hora es? —preguntó Wuzi.

Había pasado a desflecar dos servilletas a la vez. La mesa había acabado convertida en un paisaje de flecos.

Pups señaló el reloj de pared colgado detrás del mostrador.

—Compruébalo tú misma.

—¡Sabes de sobra que todavía no he aprendido las horas! —gritó Wuzi, atizándole a Pups una patada en la espinilla.

Pups, a su vez, le sacudió un manotazo en la cabeza.

—¡Ten por seguro que no te volverás inteligente dando patadas como una imbécil! ¡Cualquier niño normal de tu edad sabe las horas! —replicó.

Wuzi echó mano al paisaje de flecos y le tiró a Tete un puñado a la cara.

—¡Cierra el pico, cara de paella! —gritó.

Tete entonces le arreó a su hermana pequeña una sonora bofetada. No por tirarle los flecos, sino por lo de cara de paella. En su frente y en su barbilla no paraban de brotar o de secarse granos, y ésa era la mayor de sus aflicciones. Nadie podía mencionar ese tema. ¡Y Wuzi menos!

Ésta se quedó tan aturdida por la bofetada —a Tete jamás se le iba la mano, eso era cosa de Pups—, que se limitó a abrir de golpe la boca y a mirar como un pasmarote. Su perplejidad duró escasos segundos. Después empezó a berrear como la sirena de una fábrica. Todos los clientes del café se sobresaltaron y miraron asustados hacia ellas. Winterstein, el niñero, se levantó de un salto. La señora Zwoch acudió a toda velocidad. Josc, el camarero, se acercó con sus andares bamboleantes. La madre se inclinó hacia Wuzi.

—¿Qué te han hecho, ratita? —preguntó.

Tete y Pups se miraron con un gesto de asentimiento. ¡Eso era muy típico! ¡Esa pequeña bestia miserable pegaba patadas, hería la sensible alma de su hermana y tiraba flecos de papel, y mamá encima la consideraba una víctima inocente!

La señora Zwoch acarició los ricitos rubios de su hija.

—Ya está bien, ratita, ya pasó todo, mi vida —susurró, como en un arrullo, al oído de Wuzi.

Peo ésta no veía las cosas del mismo modo, así que siguió berreando. Los parroquianos del café ya no miraban asustados, sino enfadados, nerviosos o hastiados, según su temperamento.

—¡José, la cuenta! ¡Ahora mismo, por favor! —llegó a gritar uno de los clientes.

La señora Zwoch levantó a la llorona Wuzi de la silla y se la puso a Winterstein en los brazos.

—¡Xandi, por Dios, tranquilízala! —suplicó—. ¡Tú eres el que mejor lo hace! ¡Si no, me va a vaciar el local con sus gritos!

El niñero cobijó a Wuzi en su amplio pecho y le acarició la espalda con ternura y suavidad.

—¡No quiero oírte decir ni pío, tontina! ¡O te pegaré la boca con esparadrapo! —le susurró al oído.

Wuzi dio todavía dos sollozos descomunales y tres pequeños antes de enmudecer. La señora Zwoch le hizo al niñero un gesto de agradecimiento y volvió a atender a los clientes. José, el camarero, regresó al mostrador meneando la cabeza para darle a la abuela Kripsmeier su opinión sobre la educación infantil. Los clientes respiraron aliviados y retornaron a sus tazas de café, a sus conversaciones, a sus periódicos y a sus bollos. El parroquiano que le había gritado al camarero:

«¡La cuenta, ahora mismo!», le pidió a la señora Zwoch otro café solo.

El niñero continuó acariciando a Wuzi un ratito, hasta estar seguro de que no volvería a berrear. Después la soltó sobre su silla. La niña se limpió las lágrimas de los ojos y los mocos de la nariz.

—¡Pero sigo sin saber qué hora es! —exclamó con tono quejumbroso.

—Las cinco y media —contestó el niñero—. Y eso me recuerda que todavía tengo que comprar algo para la cena y apenas falta media hora para que cierren las tiendas.

—Bueno, pues vete a comprar —dijo Tete.

—Pero llévate a Wuzi —exigió Pups.

—¡No! Todas tenemos el mismo derecho —exclamó Wuzi—. Si estas dos se quedan, ¡yo también!

Y para dejar claro sin ningún género de dudas que sólo la sacarían del café a la fuerza, enganchó los pies en las patas delanteras de la silla y se aferró con toda su fuerza a los brazos.

El niñero comprendió que el intento de inducir a la pequeña de los Zwoch a marcharse desencadenaría un nuevo concierto de berridos. Comprar para la cena con una Wuzi chillando y llorando le pareció que era pedir demasiado.

—Por favor, id vosotros dos a la compra —rogó a Tete y a Pups.

Ellas negaron con la cabeza mientras le dirigían al niñero una mirada asesina.

—Pero si tenéis un supermercado aquí al lado —replicó el niñero—. En diez minutos estaréis de vuelta.

Pups y Tete ni siquiera se molestaron en negar con la cabeza y se dedicaron a mirar por la ventana. Otro tranvía acababa de detenerse en la parada.

—¡Por favor! —suplicó Winterstein—. ¡Por favor!

—No es cosa nuestra —murmuró Tete.

—Odio los supermercados —farfulló Pups.

El niñero juzgó que había llegado el momento oportuno de presentar su dimisión semanal. Buscó con la mirada a la señora Zwoch para comunicarle la inmediata finalización de sus servicios, y en ese momento vio al señor Zwoch entrando por la puerta del café y a su esposa caminando presurosa hacia él. Decidió, pues, demorar su charla de dimisión. ¡No estaba dispuesto a perderse las noticias sobre la herencia!

Se metieron todos en un cuartito en cuya puerta se leía «Sólo para el personal», y allí el señor Zwoch informó a sus hijas, a su mujer y al niñero. Mamá Zwoch no quería que «oídos ajenos» se enterasen del asunto. Además, la abuela Kripsmeier todavía no sabía una palabra de la herencia. La anciana se excitaba con demasiada facilidad.

—¡A la abuela no le contaré nada hasta saber exactamente cómo están las cosas; no quiero que se altere sin necesidad! —había dicho la señora Zwoch.

El cuartito era demasiado estrecho para seis pesonas. Y sombrío. Sólo una miserable bombilla de veinte watios se bamboleaba colgada del techo. Y había un olor ácido a moho. Seguro que procedía de los cuatro pares viejos de «zapatos de trabajo» que José, el camarero, había dejado allí. De ellos ascendía un pestilente olor a pies. Pero a Tete, Pups y Wuzi no les preocupaba la estrechez, ni las sombras, ni el hedor, y se sentaron en una banqueta, tan pegaditas unas a otras que la señora Zwoch y el niñero sólo pudieron aposentar una de sus nalgas en cada extremo, y —en insólita armonía— apremiaron a tres voces:

—¡Vamos, suéltalo ya! ¿Somos los dueños de la casa o no?

El señor Zwoch se apoyó en la pared situada frente al banquito.

—Sí, ahora la casa es mía —contestó con un gesto de asentimiento.

Tete, Pups y Wuzi se levantaron de un salto.

—¡Hurra! —gritaron y se lanzaron a abrazar a papá.

Pero éste dijo:

—Un momento, un momento —y les hizo seña a sus hijas para que volvieran a tomar asiento.

Tete, Pups y Wuzi volvieron a acomodarse muy inquietas, y su padre les explicó que, además de la casa, sólo había heredado los muebles desvencijados, todos los trastos y un montón de libros viejos. Por desgracia, ni cartillas de ahorros, ni acciones, ni valores, ni una valiosa colección de sellos o de monedas. ¡Tampoco joyas! En la casa se encontró una modesta suma de dinero que apenas había bastado para pagar el entierro y los gastos del notario.

—Vosotras habéis visto con vuestros propios ojos el aspecto que tiene esa ruina desde fuera —dijo el señor Zwoch—. Al parecer por dentro todavía está peor —suspiró—. Y encima, como no soy pariente cercano, me van a freír a impuestos. Se tragarían todo lo que hemos ahorrado. Además, tal como está la casa ahora, es imposible mudarnos. El Dr. Knie dice que carece de calefacción. Sólo cuenta con unas cuantas estufas, los suelos están podridos, las paredes parecen de hojaldre y hay más corrientes que en una pajarera.

—¡Qué os había dicho yo! —la señora Zwoch se levantó—. Hay que vender ese chamizo. ¡Cuanto antes!

—Por desgracia tampoco nos darán mucho —replicó su marido—. Esa choza es un edificio protegido: no se puede derribar. Un solar únicamente tiene valor cuando se puede edificar en él.

Winterstein, el niñero, miró a las hermanas

Zwoch. Las tres tenían los ojos llenos de lágrimas y eso le conmovió. Había olvidado por completo su intención de despedirse.

—¿Y qué hay de los créditos para rehabilitar edificios antiguos? —preguntó al señor Zwoch.

—También lo he pensado —murmuró.

—¡De eso, ni hablar! —exclamó su esposa—. Que luego nos pasamos la vida pagando como tontos. ¡Ni pensarlo! Además, ¿para qué queremos una casa si sólo da trabajo y problemas?

—¡Para ti es muy fácil hablar! ¡Como sólo vienes a casa a dormir! —vociferó Tete.

—¡Y a nosotras nos obligáis a vivir en esa ratonera! —gritó Pups.

—Dos habitaciones, vuestros tres cuartitos, una cocina, un baño y un pasillo. ¡No creo que se le pueda llamar ratonera a eso! —exclamó la señora Zwoch.

—¡Claro! ¡Y no olvides ese maravilloso trastero donde duermo tan ricamente! —se burló el niñero con tono de amargura.

—¡Es una vez a la semana como mucho, Xandi! —se defendió la señora Zwoch.

—La semana pasada fueron tres —gritó Pups—. ¡Y la anterior, dos!

—¡De acuerdo, de acuerdo! ¡Entonces me trasladaré yo al trastero! —la señora Zwoch le dirigió al niñero una mirada venenosa—. ¡Total, con el tiempo que me queda libre, para echar una cabezadita me basta y me sobra!

El señor Zwoch carraspeó.

—He estado reflexionando sobre el asunto —anunció—. En ese caso, no tendríamos que pagar alquiler, y si realmente nos dieran un crédito a largo plazo...

—... Además, nosotras somos muy ahorrativas —le interrumpió Tete.

—¡Y no pediremos más dinero para nuestros gastos, de verdad! —exclamó Pups.

—Y yo os daré mis monedas de oro —dijo Wuzi.

Al parecer pensaba que esas monedas que le había regalado la abuela Kripsmeier por su cumpleaños valían una fortuna.

El padre miró enternecido a su hija pequeña. Que esa avara estuviera dispuesta a ceder una parte de sus propiedades era algo fuera de serie.

—¡Estáis completamente locos!

A mamá Zwoch, de pura excitación, le habían salido manchas rojas en el cuello. Solía pasarle. La agitación le repercutía en la piel provocándole un estampado de leopardo desde el cuello hasta la cara.

—¡Para eso no bastarán cien monedas de oro, ni cien años de pagas! —gritó—. ¡Ni tampoco ahorrar un poquito! Además, ¡yo no quiero ahorrar! ¡Bastante trabajo llevo ya a mis espaldas! ¡No me faltaba más que esa ruina!

Las manchas rojas ya habían invadido sus mejillas y se disponían a conquistar la frente.

Papá Zwoch volvió a carraspear. Siempre que se disponía a llevarle la contraria a mamá, carraspeaba.

—Pero yo lo conseguiría —dijo—. En este momento me atrevería a afirmarlo.

La señora Zwoch agitó su estampada cabeza.

—¿Es que quieres trabajar más todavía? ¿Pasar aún más tiempo fuera de casa? ¿Hasta que te fulmine un infarto?

—No exageres —murmuró su marido.

—Pero sí podríais ahorrar más —aconsejó el niñero.

—¡No te metas en esto, Xandi! —gritó la señora Zwoch rascándose una mancha roja de la mejilla—. ¡No quiero ahorrar! Trabajo sesenta horas a la semana para no tener que hacerlo. ¡Pero no pienso trabajar ni un segundo más para rehabilitar una casa en ruinas!

Tete y Pups miraron a su padre. Allí estaba, como si no tuviera cuello. Había escondido la cabeza entre los hombros hasta los lóbulos de las orejas. Ese era el aspecto que presentaba siempre que estaba dispuesto a ceder ante su mujer. Tete y Pups conocían de sobra a papá-sin-cuello.

—Vamos, hermana —le dijo Pups a Tete en voz baja.

Tete asintió y abandonó con Pups el cuartito «Sólo para el personal». Cruzaron las dos el local a grandes zancadas, saludaron con la cabeza a la abuela Krispsmeier al pasar, cogieron sus chaquetas del perchero y salieron corriendo a la calle. En esos momentos, ya no escapaban de sus ojos unas cuantas lágrimas furtivas; ahora era un torrente incontenible lo que rodaba por sus mejillas.

—¡Qué mala persona! —sollozó Pups.

—Papá quería quedársela —lloriqueó Tete.

—Pero mamá ha tenido que fastidiarlo todo —sollozó Pups.

—Siempre hay que hacer lo que ella dice —lloriqueó Tete.

Pups y Tete se marcharon derechas a casa. Querían reunirse con el niño de la vecina lo antes posible. A su lado siempre encontraban consuelo.

Yago seguía en la cama. La cocina llena de humo y las corrientes de aire no le habían acarreado una pulmonía, pero sí una recaída. Ahora tenía fiebre. Y una cataplasma de aceite en el pecho, calcetines en los pies y un paño alrededor del cuello. Por lo demás se sentía en la gloria, porque su madre había dejado de ir a trabajar para cuidarle.

Cuando Tete y Pups llamaron a la puerta de los Pamperl, Yago estaba jugando con su madre al juego de las familias. Su dolor de cabeza por la gripe le impedía concentrarse en cualquier juego de cartas que fuera medianamente complicado.

Mientras su madre acudía a abrir la puerta, Yago escondió las cartas bajo la almohada. Tete y Pups no debían enterarse de que jugaba a juegos de pequeñajos. A Yago no le avergonzaba Pups. Ésta le consideraba un genio de todos modos. Porque resolvía las cuentas como una locomotora, porque sabía escribir todas las palabras sin faltas de ortografía y porque además era capaz de aprenderse de memoria un poema de cuarenta versos en un ahora. ¡Pero con Tete era diferente! Tete le pasaba dos años, y a Yago le había ocurrido algo tererible: ¡se había enamorado de ella! ¡Perdidamente! Sabía de sobra que Tete, si él se le declaraba, se limitaría a contestarle que era dos años más joven que ella. Así que se esforzaba todo lo que podía en compensar con una conducta de mayor esa diferencia de edad tan abismal. Y el juego de las familias no contribuiría demasiado a esos esfuerzos.

La señora Pamperl hizo pasar a Tete y a Pups, y al ver en sus caras huellas de lágrimas, preguntó:

—¿Mala suerte con la herencia?

—Heredar, ha heredado... —dijo Tete.

—... Pero mamá va a vender —añadió Pups.

En su pena buscaron refugio en el pecho generoso de la señora Pamperl, y las lágrimas, que casi habían desaparecido durante el trayecto de regreso a casa, volvieron a brotar a raudales.

La señora Pamperl los condujo hacia la habitación de Yago.

—Bueno, ahora sentaos un ratito —dijo obligándolas a acomodarse al borde de la cama con un gesto.

Después se pasó la mano por su delantera. Había varias manchas grandes y húmedas en su blusa nueva de seda.

—Por favor, un pañuelo —rogó sorbiendo Tete.

—Por favor, otro para mí —pidió sorbiendo Pups.

La señora Pamperl les entregó sendos pañuelos de papel y ellas se sonaron a conciencia.

—¡Vamos, contádmelo de una vez! —graznó Yago.

Pups y Tete se guardaron los pañuelos y le informaron con todo detalle.

—¡Vuestra madre tiene toda la razón! —dijo a continuación la señora Pamperl—. ¡Sin dinero, no hay música! Auunque desde luego resulta extraño que la tal Knitzdeibl no dejase un céntimo —la señora Pamperl se mordisqueó el labio inferior—. A lo mejor donó todo lo demás. Al Tercer Mundo o a la Sociedad Protectora de Animales —sonrió—. Ya se sabe... Una de esas buenas acciones que no deben enfadar a nadie.

—¡Tendría que haber pruebas! —gruñó Yago, y de repente sus ojos brillaron de pura excitación—. ¡En este caso facturas selladas o algo parecido!

—¡A lo mejor jugaba! —aventuró la señora Pamperl—. ¡A la lotería, a las máquinas tragaperras! ¡O en el casino!

—Eso también... debería poder... comprobarse de alguna forma —farfulló entrecortadamente su hijo en medio de un ataque de tos. Por la expresión de su rostro parecía mucho más excitado.

—¿Y para qué quieres comprobarlo...? —preguntó Tete admirada.

—¡... Si no puedes conseguirlo! —remachó Pups.

—Pero es que si no hizo donativos y tampoco jugaba...

Yago tuvo que callarse porque le acometió otro ataque de tos. Su cara se puso completamente roja, el esfuerzo humedeció sus ojos y cubrió su frente de sudor.

—Respira profundamente, Yago —le aconsejó su madre—. ¡Y ni una palabra más!

Yago respiró hondo tres veces e intentó seguir hablando. Sólo consiguió decir:

—... es que ella... —y un nuevo acceso de tos, más virulento aún si cabe, interrumpió sus palabras.

—¡Cierra la boca, Yago! —gritó la señora Pamperl—. ¡Esa tos va a acabar matándote!

Yago, comprendiéndolo, enmudeció y se dejó caer fatigado sobre la almohada.

—Necesita tranquilidad —explicó la señora Pamperl a Tete y Pups.

Ellas asintieron.

—Hasta mañana, niño de la vecina —dijeron.

Yago las despidió moviendo la mano cuando salían de su habitación.

En el pasillo, Tete y Pups oyeron las voces de Wuzi y del niñero procedentes de la escalera.

—Y tú te mudas a la buhardilla —decía Wuzi—. Con Elisabeth, si quieres.

—Vamos, deja de repartir toda la casa —dijo el niñero—. Eso es cosa de tus padres.

—Pues yo me quedaré con la habitación del mirador —dijo Wuzi—. ¡Esa me la pido!

Tete y Pups salieron a toda velocidad de casa de los Pamperl. Wuzi y el niñero subían en ese momento los últimos peldaños. Wuzi miró a sus hermanas con una sonrisa de oreja a oreja y gritó:

—¡Ha ganado papá! ¡Mamá ha cedido! No quiere partirnos el corazón. Dice que ya que casi no tenemos padres, que al menos tengamos casa.

—¿De verdad? —preguntó Pups.

—Tan cierto como que me llamo Alexander Winterstein —contestó el niñero y, sacando su manojo de llaves, abrió la puerta—. Kurti ha estado magnífico, sublime. Parece increíble, pero lo ha conseguido.

—Y Xandi le ayudó —dijo Wuzi.

—Sólo que nos hemos quedado sin cena —dijo el niñero.

Pups y Tete ni siquiera lo oyeron. Se abrazaron y empezaron a bailar en el descansillo. En cuanto llegaron a la puerta de los Pamperl, llamaron con las manos y gritaron:

—¡Tenemos la casa! ¡Al fin tenemos la casa!

Y la señora Pamperl gritó desde el pasillo de su propia casa:

—Sí, sí, ya me he enterado —y luego—: Sí, sí, ya se lo he dicho a Yago —y a continuación—: Sí, sí, os felicito de todo corazón.

Y la señora Huber gritó desde el sexto piso:

—¡Como no dejen de gritar ahí abajo, llamo ahora mismo a la policía!

Tete y Pups dejaron de bailar y entraron en casa. Pero antes de que su hermana cerrase la puerta, Pups le gritó a la señora del sexto:

—¡Cállate, vieja urraca!

«Ahora que vamos a mudarnos», pensó, «podemos permitirnos al fin el lujo de pelearnos».

Yago, el niño de la vecina, escribió aquella noche en su diario:

29 de octubre

¡Tendría que pasar urgentemente a casa de los Zwoch, pero mi madre me vigila como un cancerbero!

No me deja levantarme ni para hacer pis, porque al parecer nuestro baño es demasiado frío para un enfermo de gripe. Le falta un tornillo. Yo ya he salido de la edad del orinal. Luego pienso visitar a Tete y a Pups. Tengo que contarles lo que he pensado. Me parece completamente imposible que una mujer de 85 años se gaste en el juego o en donativos todo su dinero. Y menos si era avariciosa y desconfiada. Hay muchas personas ancianas que esconden su dinero. Hasta mi bisabuela lo hacía. Claro que al día siguiente ya había olvidado el escondrijo. Cuando la abuela vació la casa después de su muerte, encontró billetes en la carbonera, debajo de un montón de astillas. Eran tan antiguos que habían perdido todo su valor. «Caducaron hace tiempo», le dijo el empleado de la Caja de Ahorros...

Seguro que la Knitzdeibl guardó su dinero en algún sitio de la casa. Tenemos que buscarlo.

Ahora voy a tomarme una ración triple de jarabe de codeína para no volver a toser. ¡Supongo que si estoy una hora sin toser, mi madre me dejará salir de casa!

CAPÍTULO 3

*en el que hay que cumplir una tradición piadosa,
Yago se debate en un mar de
sentimientos contradictorios
y la alergia de Tete al polvo
le obliga a saltar por la ventana.*

El día de Todos los Santos la obligación familiar de los Zwoch era reunirse a las nueve en punto con la abuela Kripsmeier a la puerta del cementerio central, para peregrinar a continuación con paso digno a la sepultura de la familia, depositar en ella una corona de flores y prender una lamparilla de aceite.

A Tete, Pups y Wuzi esa visita anual a la tumba les resultaba insoportable, y ese día protestaron aún más. ¡En lugar de acudir al cementerio, lo que les apetecía era ir de una vez a la casa de la Knitzdeibl!

—Esto no hay quien lo aguante —rezongaba Pups mientras desayunaban—. Hemos conseguido al fin la llave de la casa, y ¿qué es lo que hacemos? ¡Ir al cementerio!

—Después iremos a ver la casa. ¡Tranquilízate, Pups! —dijo papá.

—Yo no iré —advirtió mamá—. Después del cementerio tengo que trabajar en el café.

—¡Eso lo dices porque no te gusta la casa! —gritó Tete.

—Al niño de la vecina no le obligan a ir al cementerio —adujo Wuzi.

—Porque está enfermo, ratita —explicó mamá Zwoch.

—¡Aunque estuviera sano, no tendría que ir! —dijo Pups.

—¡Porque su madre no le obliga! —concluyó Tete.

—¡Porque no tiene que hacer lo que quiere su madre!—añadió Pups.

—¡No empecéis a dar la lata! —exclamó el señor Zwoch a voces.

—¡Los que dais la lata sois vosotros! —chillaron al unísono Tete y Pups, y, levantándose de un salto, abandonaron la mesa del desayuno y se fueron con sus tazas de café con leche y sus panecillos con mantequilla a la casa de al lado, a acompañar a Yago en su lecho de enfermo.

Yago también estaba desayunando. Tete y Pups se sentaron en su cama y le contaron la pelea por el asunto del cementerio. Yago comía a cucharaditas un huevo pasado por agua, bebía zumo de naranja y se limitaba a contestar con escuetos «bueno», «vaya» y «ejem-ejem».

Pups y Tete achacaron su extraño laconismo a la debilidad. ¡Pero se equivocaban! Yago estaba tan silencioso porque la noche pasada, durante las dos horas que había pasado en vela, pensó detenidamente en la herencia Knitzdeibl y llegó a la conclusión de que en su pecho dormían dos almas. A decir verdad, eran incluso tres. La número 1 se alegraba de que los Zwoch hubieran heredado la casa y le parecía de lo más emocionante buscar el dinero escondido de su antigua dueño. La número 2 estaba en contra de la casa Knitzdeibl. Sospechaba que la maravillosa amistad con Tete y Pups acabaría pronto si ellas se marchaban del edificio. La número 2 no deseaba encontrar dinero. «Sin dinero», susurraba el alma número 2, «tal vez no puedan arreglar la casa y se queden aquí». La número 3, encontraba muy tentadora la oferta de Tete y Pups de cederle una habitación en la casa Knitzdeibl. Pero al alma número 3, le asaltaba una duda: ¿no le rompería el corazón a la señora Pamperl el hecho de que su Yago consiguiese tan pronto una segunda residencia? En cualquier caso, las tres almas coincidían en que la inspección de la casa podía esperar perfectamente hasta que se hubiese restablecido. Pero como Yago era un chico muy listo, sabía que Tete y Pups sólo estarían de acuerdo con el alma número 1 y su análisis de la situación; así que se limitó a responder con escuetos «bueno», «vaya» y «ejem-ejem».

La señora Pamperl estaba apoyada en la puerta abierta y era mucho menos lacónica. Insistió en que tenían que comprender las visitas al cementerio y defendió a las madres que no podían oponerse a los deseos de las abuelas. Sin demasiado éxito, la verdad.

A las nueve menos cuarto, la señora Zwoch llamó a la puerta de los Pamperl.

—Pamperlita, mándame a mis retoños, tenemos que irnos —advirtió.

Con grandes murmullos de desagrado, Tete y Pups subieron al coche con Wuzi, la corona de musgo y la lamparilla de aceite para dirigirse al cementerio, y se sentaron en los asientos traseros, cabizbajos.

—Menuda tontería —dijo Tete—. También se puede pensar en los muertos en casa, si a uno le apetece.

—¡Qué memez! —exclamó Pups—. El abuelo muerto no se va a dar cuenta de que estamos delante de él.

—Además, a mí ni siquiera me conoce. Ya había muerto cuando yo nací —replicó Wuzi.

—¡El día de Todos los Santos hay que ir al cementerio como Dios manda! —dijo enfadada su madre, con voz contenida.

—¡Sólo si uno es un católico piadoso! —siseó Tete hacia los asientos delanteros.

—Y en este coche nadie es piadoso —añadió Pups.

—¡La abuela, sí! —remachó la madre—. Y tenemos que respetar sus sentimientos y acompañarla.

—¿Piadosa la abuela? —se burló Tete—. No me hagas reír.

—Pero si no va a la iglesia para no pagar el impuesto religioso —dijo Pups.

—No se sabe ni una oración. Un día le pedí que me dijera una, y no se acordó de ninguna —sentenció Wuzi.

—¡Callaos de una vez! —ordenó entonces el padre a sus hijas—. Tanta palabrería me está atacando los nervios y una persona nerviosa es un conductor distraído. De modo que tengamos la fiesta en paz.

Y añadió que tanto si la abuela Kripsmeier era piadosa como si no, «diez minutos de cementerio» eran una nimiedad de la que no merecía la pena seguir discutiendo.

Por desgracia, los «diez minutos de cementerio» se convirtieron en una eternidad. Los aparcamientos cercanos a la puerta del cementerio estaban repletos y el padre tuvo que aparcar tan lejos que les costó más de un cuarto de hora llegar a la entrada. Una vez allí, esperaron otro cuarto de hora a la abuela Kripsmeier, porque había aparcado todavía más lejos. Y cuando por fin apareció la abuela con su paso cansino, se detuvo en una larga cola delante del puesto de flores. Deseaba ofrecerle a su marido muerto tres rosas rojas. Tete, Pups y Wuzi se pasaron otro cuarto de hora apoyándose alternativamente en cada una de sus piernas. Cuando la abuela consiguió al fin sus tres rosas, sintió unas imperiosas ganas de ir al lavabo y hubo que acompañarla al edifico principal del cementerio. Pero ante las puertas del WC había esperando más gente aún que en el puesto de flores. Tras hacer sus necesidades, la abuela Kripsmeier se empeñó en ir a toda costa a echarle un vistazo a la tumba de su prima Berta, para comprobar si el hijo de ésta cuidaba la tumba como es debido.

¡Estaban a punto de dar las once cuando los Zwoch y la abuela Kripsmeier llegaron por fin a la sepultura! La abuela «conversaba en silencio» con el abuelo muerto. Al parecer, tenían muchas cosas que contarse. Después se entretuvo en sacarle brillo al farolillo funerario y en limpiar el óxido de las letras doradas de la lápida. Y hasta que encontró el lugar exacto y adecuado de la losa para depositar las tres rosas pasó un montón de tiempo. Al fin, se despidió del muerto echándole un beso con la mano, y Tete, Pups y Wuzi respiraron aliviadas. Pero su alegría fue prematura, pues la abuela exclamó enfadada:

—¿Pero cómo? ¿Es que pensáis marcharos sin visitar la tumba de la señora Knitzdeibl? ¡Si habéis heredado de ella, qué menos que encenderle una lamparilla!

Lamparilla que sacó al instante de su bolso.

Los Zwoch estuvieron un buen rato buscando la mencionada tumba, y cuando al fin dieron con ella, la abuela Kripsmeier se horrorizó de que no hubiera más que cinco claveles mustios sobre el reciente montón de tierra.

La abuela puso el grito en el cielo.

—¿No sois sus herederos? Pues entonces, ¡adornad su tumba como es debido!

Se quejó y se quejó hasta que el señor Zwoch se mostró dispuesto a ir de una carrera al puesto de flores situado a la entrada del cementerio para comprar un ramo «como es debido».

Cuando el señor Zwoch volvió a la sepultura con el consabido ramo, había transcurrido ya otro cuarto de hora. Pups tenía la nariz enrojecida de frío y Tete los dedos tiesos. Wuzi lloriqueaba, porque mamá no la había dejado jugar a escalar una lápida.

El caso es que eran más de las doce cuando los Zwoch abandonaban por fin el cementerio.

—¡Y ahora vamos a ver nuestra casa! —gritó Wuzi, agarrándose del brazo de su padre y dirigiéndose al aparcamiento.

Su padre negó apesadumbrado con la cabeza y se liberó de la tenaza de su hija pequeña.

—Se me ha hecho tarde —dijo—. Tengo que coger el avión de las trece veinte para Milán. Y antes tengo que pasar por casa a recoger la cartera —le entregó a la madre las llaves del coche y las de la casa heredada—. Acompaña tú a las niñas. Yo cogeré un taxi.

Le dio un beso a su mujer en la mejilla, se despidió con un gesto de sus hijas y de su suegra, y, haciendo señas con la mano, echó a correr hacia un taxi del que acababa de apearse una anciana.

—¡Pero es que yo tengo que ir al café! —gritó la madre corriendo tras él—. Dijiste que...

Se calló de repente al ver que su marido había subido al taxi y cerrado la puerta.

—¡Ese chamizo no va a salir corriendo, digo yo! —adujo la abuela dirigiéndose a sus nietas—. ¡No os la va a robar nadie de aquí a mañana!

La abuela Kripsmeier había sido informada la noche anterior por su hija del asunto de la herencia, y opinaba exactamente lo mismo: arreglar semejante «ruina» sólo les traería quebraderos de cabeza.

—¡Yo no quiero mañana! —chilló Wuzi furiosa—. ¡Yo quiero ahora! ¡Mamá tiene que cumplir lo que prometió papá!

La abuela puso cara de tremendo sufrimiento y con voz quejumbrosa le dijo a Wuzi:

—El cementerio deja siempre agotada a tu

abuela. Tengo que ir a casa y acostarme un rato. Así que a tu mamá no le queda más remedio que encargarse de la cafetería.

—¡No! —gritó Wuzi—. ¡Imposible! ¡Tiene que venir a casa con nosotras!

Tete y Pups no abrieron la boca y dejaron las negociaciones en manos de su hermana pequeña. Wuzi era la que mejor manejaba a mamá. Ésta era incapaz de negarle nada a su «ratita». [Tratándose de ella casi siempre daba su brazo a torcer.]

Wuzi agarró a su madre por el extremo de la chaqueta y tiró con fuerza.

—¡Venga, vámonos ya!

Lo dijo en voz tan alta que algunas personas que pasaban por allí menearon la cabeza enfadadas.

—¿Y no podría ir al café más tarde? —preguntó la señora Zwoch a su madre.

Ésta, en vez de responder, se limitó a abrir su bolso, extrajo una cajita de pastillas, cogió tres bolitas de color rosa y se las introdujo en la boca.

—¡Ay, Dios mío! —susurró Tete a Pups—. ¡Ya estamos otra vez!

Porque la abuela, en cuanto quería recalcar ante alguien su delicado estado de salud, echaba mano de esas bolitas rosas, que en realidad sólo eran vitaminas. Las bolitas rosas eran un aviso. Si no se prestaba atención a la ingestión de esas bolitas, la abuela pasaba a representar el desmoronamiento total con gemidos, respiración dificultosa, temblor de los miembros y un amago de desmayo.

Esa terrible posibilidad aterrorizaba incluso a Wuzi. Soltó la punta de la chaqueta de mamá.

La madre miró suplicante a su «ratita». Con su mirada quería decir: «Sé amable, cede. Si no, se va a armar la de Dios es Cristo».

Wuzi miró furiosa a su abuela. Ésta permanecía junto a su hija, completamente convencida de «estar a las puertas de la muerte», y hacía enérgicos movimientos de deglución, porque las tres bolitas rosas no acababan de deslizarse garganta abajo sin la ayuda de unos traguitos de agua.

A Pups aquella situación le resultó demasiado estúpida y, alargando la mano, le dijo furiosa a su madre:

—¡Venga, danos las llaves de una vez! ¡Iremos solas, no te necesitamos para nada!

Su madre, con un suspiro de alivio, le entregó las llaves de la casa de la Knitzdiebl.

—¡Pero a mí me lleváis con vosotras! —gritó Wuzi.

—De acuerdo, vendrás con nosotras —le dijo Tete. Y luego rogó a su madre—: Dinero para el taxi, por favor. No podemos llevarnos a esta enana en un viaje en tranvía con dos transbordos.

Mamá le entregó dos billetes verdes, y la abuela Kripsmeier, que había superado sus dificultades de deglución, advirtió:

—No hace falta taxi teniendo dos coches aquí.

—Abuela, no pensarás conducir con lo enferma que estás, ¿eh? —dijo Pups con tono mordaz—. Tendrás que dejar aquí tu viejo cacharro.

—A lo mejor tienes algo contagioso —Tete esbozó una sonrisa taimada—. Preferimos no subir a tu coche.

Pups cogió a Wuzi de la mano derecha y Tete de la izquierda, y antes de que la abuela pudiera contestar, salieron a la carrera, sin despedirse, tras un taxi que se alejaba despacio de la puerta del cementerio.

—Es mejor que busquemos solas —resolló Pups.

—De todos modos, mamá se habría reído de nosotras —replicó Tete entre jadeos.

—¡No corráis tanto, que me van a dar punzadas en el costado! —lloriqueó Wuzi.

El taxista comprendió al fin que las tres niñas pretendían contratar sus servicios y se detuvo. Pero sólo las dejó subir cuando le enseñaron el dinero.

—¡No os lo toméis a mal! —explicó luego—. Yo no puedo saber si unas crías como vosotras llevan dinero encima.

—Nosotras no somos unas crías —dijo Tete con dignidad.

El taxista se disculpó con una sonrisa burlona y empezó a contarles una historia larga y aburrida sobre un niño que había subido a su taxi para ir a ver a su padre, pero no sabía la dirección y tampoco llevaba dinero.

Cuando llegaron a la casa Knitzdeibl, el taxista aún no había alcanzado el punto culminante de su larga y tediosa historia. Estaba dispuesto a terminarla aparcado, pero las hermanas Zwoch renunciaron gustosas a su ofrecimiento. Pagaron al locuaz taxista sin añadir un céntimo de propina, lo que el conductor aceptó con cara avinagrada, y saltaron del coche. Pups sacó el manojo de llaves del bolsillo de su abrigo.

—La llave del portón debe ser ésta grande de aquí —dijo.

Tete y Wuzi asintieron.

Despacio, con paso casi solemne, las hermanas Zwoch se dirigieron a la enorme puerta de entrada. Pups probó la llave grande. No entraba en la cerradura. Lo intentó con la segunda: cabía, pero no giraba. La tercera llave funcionó y la hoja de la puerta osciló, abriéndose con un chirrido.

Tete, Pups y Wuzi divisaron una amplia cochera con el techo abovedado. La zona de la izquierda estaba abarrotada de trastos viejos. Tablas, cajas, cestos de viaje de paja, bidones de hojalata, barriles, pucheros, colchones hechos trizas, sacos llenos a rebosar y todo tipo de cachivaches se apilaban hasta el techo. A la derecha de la cochera, justo en el centro del muro, había una puerta a la que se accedía por tres desgastados escalones. Debía de ser la entrada de la vivienda.

Las niñas entraron y, con los ojos como platos, prorrumpieron a la vez en un agudo grito de júbilo.

Los tres gritos de alegría no eran ni por los trastos viejos ni por la puerta situada sobre los tres peldaños, sino por la maravillosa vista que se abría ante sus ojos. A espaldas de la cochera se extendía un jardín gigantesco, con arbustos y árboles corpulentos. El jardín era tan grande que no se le veía fin, a pesar de que los árboles y arbustos ya habían perdido la hoja.

Pups, Tete y Wuzi atravesaron corriendo la entrada de carruajes y salieron al jardín. Primero vieron una franja estrecha y empedrada con una barra donde colgar alfombras para sacudirlas, un tajo de madera y un contenedor de basura. Donde terminaba la zona empedrada se alzaba una alambrada viejísima, de poco más de medio metro de altura, completamente oxidada, llena de agujeros y tan torcida por algunos lados que se podía pasar fácilmente por encima.

Las hermanas se dispusieron a cruzar valla y adentrarse entre los árboles del jardín, pero de repente oyeron que alguien gritaba a sus espaldas.

—¡Alto! ¡Fuera de ahí! ¡Mucho ojo con pasar! ¡Ahí no se os ha perdido nada!

Las tres se volvieron asustadas. En el primer piso de la casa de al lado se había abierto una ventana. Un hombre calvo de bigotes curvos, apoyado en la ventana, miraba hacia abajo cono cara de pocos amigos.

Pups le gritó al calvo:

—Usted perdone, pero nuestro padre ha heredado todo esto. Ahora nos pertenece.

—¡Y un cuerno! —replicó a voz en grito el calvo

del bigote desde las alturas—. Habéis heredado la casa, pero no el jardín. El jardín es mío. Sólo podéis ir hasta la villa. ¡Ni un paso más!

Tete, Pups y Wuzi asintieron cariacontecidas.

—¡Y como se os ocurra desobedecer, vais a saber lo que es bueno! —vociferó el tipo, y tras farfullar unas palabras incomprensibles cerró la ventana.

Las hermanas Zwoch, muy decepcionadas, volvieron a la cochera.

—Seguro que miente —dijo Wuzi.

—¡Qué va a mentir! —repuso Pups—. Está claro. Si todo fuera nuestro, ahí no habría valla.

—Y si hubiéramos heredado un jardín grandísimo, papá nos lo hubiera dicho.

Pups probó su manojo de llaves en la puerta situada sobre los tres escalones desgastados. Esta vez la que valió fue la llave grande.

Tras la puerta, había un pasillo sin ventanas, que sólo recibía luz de las puertas abiertas de dos habitaciones. Junto a las paredes del pasillo había armarios. Pegados unos a otros. Unos horribles armatostes de color marrón oscuro, encima de los cuales se apilaban hasta el techo maletas y cajas de cartón. Justo al lado de la puerta de entrada vieron también una especie de escalera estrechísima que conducía a un agujero cuadrado en el techo tapado con tablas. Seguro que conducía al desván.

Tete, Pups y Wuzi caminaron en fila india por el estrecho pasillo.

—Aquí huele a moho —susurró Wuzi.

—A manteca rancia —musitó Tete.

—A casa de gato —cuchicheó Wuzi.

—A polvos antipolillas —murmuró Tete.

Pups se echó a reír.

—¿Se puede saber por qué andáis cuchicheando? —preguntó—. ¿Acaso tenéis miedo de despertar al fantasma de la vieja Knitzdeibl?

Wuzi soltó un chillido agudo y se aferró a Pups.

—Vámonos de aquí —dijo con voz entrecortada—. Los fantasmas me dan pánico.

Pups tiró de Wuzi y entró en una de las habitaciones. Tete las siguió. La estancia era enorme. Tenía cuatro ventanas que daban a la calle. Pups y Tete miraron consternadas a su alrededor.

—Con lo que hay aquí —dijo Pups—, se podrían amueblar cinco pisos sin problemas.

—Como todo esté igual —comentó Tete—, podemos volvernos locas buscando.

Pups y Tete, bastante desalentadas, recorrieron la casa de arriba a abajo. Wuzi, pegadita a Pups, no paró de murmurar todo el rato:

—¡Vámonos! ¡No quiero vérmelas con un fantasma!

La casa, además del enorme cuarto de las cuatro ventanas, contaba con otras cuatro habitaciones, una cocina, un cuarto de baño y un retrete, todas ellas repletas de un sinfín de muebles y cachivaches. Hasta el cuarto de baño estaba atiborrado de cajas y cestos. Ni siquiera la bañera estaba vacía. Contenía unas cuantas jaulas para pájaros, zapatos viejos y sombreros y chales y, atadas en manojos, montañas de medias grises, negras y marrones, agujereadas.

Únicamente una de las habitaciones tenía un mobiliario medio normal. Allí había estanterías con libros junto a la pared. Y sobre una alfombra apolillada, un sofá tapizado desvencijado sobre el que se apilaban algunos libros más. Además, junto al enorme ventanal, había una mesa pequeña con dos sillitas.

Wuzi, tras tirar un montón de libros del sofá, se sentó.

—Bueno, ¿hay fantasma o no? —preguntó.

Del sofá se habían levantado remolinos de polvo. Tete estornudó.

—Abre la ventana ¡o te volverá a dar la alergia! —advirtió Pups.

—Ya... me... ha... dado.

Tete corrió estornudando hasta la ventana, la abrió de par en par, y, sacando la cabeza, hizo unas inspiraciones profundas.

—¡Contestadme de una vez! —dijo Wuzi malhumorada—. ¿Hay o no hay un fantasma aquí?

Se agachó y agarró uno de los libros que había tirado. Era enorme y estaba metido dentro de una funda de tela de color rojo llameante.

—Éste me lo quedo —dijo.

Pups, al observar el lomo de libro y las letras doradas grabadas en él, se echó a reír.

—*Ars Amandi* —exclamó—. ¡Lo leerás de corrido!

—¿Qué quiere decir? —Wuzi intentaba, moviendo los labios, unir las letras doradas para formar palabras.

—*Ars* significa arte —explicó Pups—. *Amandi,* no sé. No daré latín hasta tercero.

Tete, respirando con dificultad desde la ventana abierta, farfulló:

—¡Tengo... que... salir de aquí!

Y es que cuando a Tete le daba la alergia, podía ponerse muy grave, hasta con fiebre y ataques de asma.

Tete se sentó en el alféizar de la ventana, impulsó las piernas hacia fuera y saltó. Aterrizó a cuatro patas en el jardín delantero, sobre el suelo embarrado, entre dos arbustos desnudos. Pups corrió a la ventana y miró hacia abajo.

—¿Sana y salva? —preguntó, pues desde el alféizar hasta el suelo había casi dos metros.

Tete se puso de pie.

—Sana... y... salva —jadeó estornudando mientras se limpiaba la suciedad de la chaqueta y de las perneras del pantalón.

—¡Quiero salir de aquí! —gritó Wuzi.

—¡Pues lárgate de una vez! —exclamó Pups señalando hacia el pasillo y la puerta de entrada.

—¡No! —chilló Wuzi—. ¡No volveré a ir sola por ahí!

Todavía le atormentaba la sospecha del fantasma de la Knitzdeibl.

—¡Déjate de bobadas! —exclamó Pups riendo.

Pero Wuzi trepó hasta el alféizar. Quería saltar detrás de su hermana mayor.

—¡Es demasiado alto para ti! —Pups agarró a su hermana pequeña por debajo de los hombros, la sostuvo fuera de la ventana y le dijo a Tete—: ¡Te voy a bajar a esta cobardica! ¡Cógela!

Wuzi pataleaba con las piernas en el aire y chillaba como un lechoncillo.

Tete se apretó las manos contra el pecho, negó con la cabeza y dijo con voz entrecortada:

—No puedo... Primero... tengo... que recuperar... el aliento.

Pups calculó la distancia entre el suelo y los pies pataleantes de Wuzi y no le pareció demasiado grande, de modo que la soltó. Su hermana cayó de culo sobre el suelo embarrado del jardín, pero se sintió tan aliviada de encontrarse de nuevo al aire libre que no puso reparos al rudo transporte. El hecho de haberse puesto perdida no la molestaba en absoluto. A ella la suciedad no la molestaba jamás.

Pups se apoyó en el alféizar.

—Voy a quedarme aquí un rato —les gritó a sus hermanas—. ¡Tal vez tenga suerte y encuentre algo!

Tete asintió y cogió a su hermana pequeña de la mano.

—¡Mi libro! —exclamó Wuzi—. ¡Tíramelo!

—¿Para qué, si no puedes leerlo? —preguntó Pups.

—Porque tiene un color rojo muy bonito —respondió Wuzi.

Pups cogió el grueso tocho con la funda y lo arrojó con toda su fuerza por la ventana. El libro sorteó el barro y aterrizó sobre un arbusto sin hojas.

Wuzi lo recogió y golpeó la funda.

—¡Sacaré de aquí este estúpido libro y guardaré dentro los dibujos que más me gustan!

Se puso el *Ars Amandi* bajo el brazo y pasó con Tete por encima de la valla baja del jardín delantero. Tete se despidió de Pups con la mano y marchó calle abajo en compañía de su hermana.

Pups las siguió con la mirada hasta que desaparecieron al doblar una esquina, luego cerró la ventana y se dejó caer sobre el banco tapizado. De nuevo se levantó una nube de polvo, pero a Pups el polvo le daba igual. Se desabrochó el abrigo y extrajo un papel del bolsillo de su pantalón.

—Manos a la obra —murmuró con la vista clavada en la nota.

En ella, escrito con la letra de Yago, se leía: «SITIOS DONDE LA GENTE ESCONDE SU DINERO». Y debajo, una larga lista de tales escondrijos. Yago había escrito: «Entre la ropa sucia, bajo el pavimento, en el reloj de pared, detrás de las puertas de las chimeneas, dentro de las cafeteras, en el tapizado de los sofás, en cajones con doble fondo, en las estufas (si no se encienden), entre las pilas de ropa, debajo del papel de forrar los armarios, en el forro de la ropa, detrás de los muebles, quizá también bajo el papel pintado». A continuación, Pups leyó: «De momento, a mi madre y a mí no se nos ocurre nada más. Pero seguiré pensando en ello. ¡Mucha suerte!»

Pups se levantó con un suspiro y se puso manos

a la obra, a pesar de que en su opinión carecía de sentido. Era como buscar una aguja en un pajar. ¡Allí había centenares de cajones que podían tener un doble fondo! ¡Y treinta paredes traseras de armarios! ¡E incontables metros cuadrados de tapizado! ¡Y más ropa sucia que en una lavandería! Pero al menos el suelo no tenía revestimiento, ni las paredes papel pintado. Las paredes estaban pintadas y todos los cuartos tenían suelo de madera. Sólo el baño y la cocina tenían azulejos. A nadie le cabía en la cabeza que la Knitzdeibl pudiera haber ocultado su dinero bajo los azulejos, sujetándolos después con cemento.

Pups vagó sin rumbo fijo por las habitaciones, abrió armarios, sacó cajones, revisó cazuelas y jarras, hurgó entre las pilas de ropa, tanteó el forro de todo tipo de abrigos y chaquetas, atisbó —en la medida de lo posible— por detrás de los muebles, abrió las puertecillas de las estufas e incluso arrancó un trozo del revestimiento inferior de una silla vieja acolchada, tal y como había recomendado Yago, el niño de la vecina... Encontró todo tipo de cosas: montañas de postales, fotos amarillentas, restos de lana, cintas, galones de pasamanería, tiras de tela, montones de píldoras, botellas de gotas y latas de pomada, botones viejos en cantidad suficiente para abrir una mercería, carpetas con recortes de periódico, cartas amarillentas y esquelas de personas que llevaban muertas más de veinte años. ¡Y siete chelines exactamente! ¡En calderilla!

Tras dos horas de búsqueda infructuosa, Pups decidió renunciar. Tenía los dedos enrojecidos y rígidos; los pies, helados. Y de tanto rebuscar entre trastos polvorientos había acabado cubierta de polvo de los pies a la cabeza.

Abandonó la casa Knitzdeibl. Se sentía muy desesperanzada. Justo cuando estaba cerrando la puerta de entrada, apareció un hombre por la calle que entró en la cochera. ¡Calvo y con bigote! Pero no era el hombre que las había regañado desde la ventana de la casa antigua. Era mucho más delgado, su mirada mucho más amable y también mucho más viejo.

—Vivo ahí enfrente —dijo el anciano—. Me llamo Perz. Sólo quería saludarte. ¿Están tus padres?

Pups negó con la cabeza.

—¿Vais a mudaros aquí o pensáis venderlo? —le preguntó el señor Perz.

—En realidad pretendemos mudarnos —respondió Pups—. Pero primero tenemos que adecentar todo esto.

El señor Perz asintió.

—Claro, claro, esa avara llevaba cincuenta años sin arreglar nada —se echó a reír—. Pero al menos habréis heredado un buen pellizco, ¿eh?

—Ni una perra —dijo Pups.

—¿Es que no sois los únicos herederos? —preguntó el señor Perz.

—Sí —contestó Pups—. Pero, a pesar de todo, no hay un céntimo.

El señor Perz puso cara de incredulidad.

—Pero si esa mujer no se permitía ni un lujo y ahorraba hasta el último céntimo. ¡Tiene que haber dejado algo! —el señor Perz se rascó la cabeza—. Con lo desconfiada que era, la única pregunta es dónde puede haberlo metido.

—¿Era muy desconfiada? —quiso saber Pups.

El señor Perz se echó a reír.

—¡Vaya si lo era! Y olvidadiza. Todo lo que era importante tenía que anotarlo, porque al día siguiente se le había ido de la cabeza —el señor Perz le dio a Pups un empujoncito en la barriga—. De modo que seguro que también apuntó dónde guardaba su dinero. Cuando limpiéis todo este tinglado, no se os ocurra tirar un papel sin examinarlo a fondo. ¡No tiréis nada sin leerlo antes! ¿Entendido?

—Entendido —respondió Pups fatigada, sacando la llave de la cerradura.

«En esta casa podrían buscar cien personas durante cien años una hoja de papel, sin encontrarla», se dijo.

El señor Perz saludó a Pups con la cabeza y se volvió para irse. Pups corrió tras él y cerró el portón.

—Oiga, por favor, ¿quién es el hombre que vive en la casa de al lado? —preguntó.

—Ottokar Schnorr —respondió el señor Perz—. Es el sobrino segundo del difunto Knitzdeibl, el marido de la vieja Knitzdeibl.

—Nos ha prohibido pasar al jardín trasero de la casa —le informó Pups.

El señor Perz asintió.

—¡Eso es típico de él! Pero tiene razón. El jardín le pertenece. El difunto Knitzdeibl le dejó la casa a su mujer y el jardín a su sobrino segundo.

Tras estas palabras, el señor Perz cruzó deprisa la calle y desapareció en la casa de enfrente.

Pups se guardó las llaves en el bolsillo del abrigo, y al mirar hacia la casa de al lado, descubrió a Ottokar Schnorr detrás de una ventana del primer piso. Le sacó la lengua y dijo «bah» en dirección al mirón. Ottokar Schnorr le contestó sacándole también la lengua. La ventana estaba cerrada, por lo que no se puede asegurar si también le contestó con un «bah». A continuación, Pups se alejó calle abajo.

Cuando llegó a casa, Tete, Wuzi y Yago, el niño de la vecina, estaban sentados en la cocina tomando el té. Yago olía a mentol, a tomillo y a ajo. El olor a mentol procedía de las friegas que le había dado por el pecho la señora Pamperl. El olor a tomillo, de los emplastos de hierbas que su madre le había aplicado en las pantorrillas. Y el olor a ajo se debía a las cuatro rebanadas de pan con ajo y mantequilla que se había atizado el propio Yago.

—¿Encontraste algo? —preguntó Tete.

Por el tono de sus palabras se diría que esperaba una respuesta negativa. Tenía los ojos enrojecidos como un conejo, pero respiraba de nuevo con normalidad.

—¡Esto!

Pups depositó los siete chelines sobre la mesa, se dirigió hacia la calefacción, colocó sus dedos enrojecidos y rígidos sobre el radiador y refirió lo que le había contado el señor Perz.

—¿Lo veis? —Yago había decidido entretanto atender a su alma número 1. ¡Justo lo que yo os había dicho! Mañana mismo comenzaremos a reflexionar en serio sobre el asunto; con calma y con sistema. Yo tengo un sexto sentido para esas cosas, os lo aseguro.

Una vez en casa y en su cama, Yago escribió en su diario:

1 de noviembre

Todavía me flojean las piernas, pero mañana tengo que estar tieso como una vela. No pienso perderme la búsqueda del tesoro. Pups sola seguro que no encuentra nada; ella ni siquiera es capaz de encontrar sus propios trastos. Tete se niega a volver. Dice que más vale ser pobre que deshacerse el pecho con estornudos y jadeos. ¡Y a la mema de Wuzi, le importa un pito la casa! Dice que no quiere convivir con un fantasma. Sería estupendo que el fantasma de la Knitzdeibl viviera allí de verdad. Si así fuera, podría proporcionarnos algún dato sobre el escondite. ¡Con golpes o señales parecidas!

CAPÍTULO 4

en el que Yago, el niño de la vecina, a pesar de todo tipo de contratiempos, revisa a conciencia los trastos de la Knitzdeibl y Wuzi encamina por fin la búsqueda del dinero en una dirección prometedora.

A decir verdad, Yago no se sentía del todo sano el día de ánimas, pero fue incapaz de dejar ir sola a Pups a buscar el tesoro. «Lo prometido es deuda», se dijo a sí mismo, y sacudió el termómetro que su madre le había puesto en la axila, hasta bajar la temperatura de 37,4° a 36,7°.

—Que no tengas fiebre no significa que estés curado —dijo la señora Pamperl.

—¡Pues me siento súper! —contestó Yago, intentando darle gato por liebre.

—¡A pesar de todo te quedarás en la cama! —sentenció su madre.

Y antes de salir disparada hacia la oficina, volvió a recomendar a su hijo que no saliera de casa por nada del mundo, que hiciera gárgaras cada hora, que se tomara cada dos horas una cucharada de jarabe y que bebiera mucho zumo de limón, porque la vitamina C era el mejor remedio para acabar con el virus de la gripe.

Yago se lo prometió como un niño bueno para no inquietarla. Pero en cuanto ésta hubo abandonado la vivienda, se vistió a toda velocidad, abandonó a su vez el dulce hogar y llamó al timbre de la casa de al lado. Pups, todavía en pijama, le abrió la puerta.

—¡Habíamos quedado a las siete y media! —dijo Yago.

—Estaré lista en tres minutos. O en cuatro —respondió Pups desapareciendo en el cuarto de baño.

—O en treinta y tres; o en cuarenta y cuatro —murmuró Yago pasando a la cocina. Allí se encontró a la señora Zwoch, vestida con un camisón fino, preparando café entre bostezos.

—Buenos días —saludó tomando asiento junto a la mesa de la cocina y evitando mirar a la señora Zwoch, porque el fino camisón apenas velaba su exuberante anatomía.

—Buenos días —contestó la señora Zwoch.

—¿Todavía está dormida Tete? —preguntó Yago.

La señora Zwoch asintió.

—Sólo los tontos se levantan de la cama sin necesidad.

Apartó de la jarra el filtro del café, colocó la jarra en la mesa, sacó leche y mantequilla de la nevera y pan del aparador, se sentó frente a Yago, vertió café en dos tazas y empujó una de ellas, llena a rebosar, hacia Yago.

—Te consideraba más listo —dijo—. ¡Qué disparate convencer a mis hijas de que existe una fortuna escondida en casa de la Knitzdeibl!

Yago no quería discutir con la señora Zwoch, así que se limitó a comentar pacíficamente:

—¿Pero no le importará que busquemos, no?

—¡Estáis locos de remate! —exclamó la señora Zwoch, pasándole la botella de leche—. He revisado todos los papelotes que el Dr. Knie le proporcionó a Kurti. ¡El asunto no tiene vuelta de hoja! ¡El dinero ha volado!

La señora Zwoch se levantó, salió al pasillo, regresó con un fajo de cartillas de ahorro, y las colocó con un chasquido sobre la mesa, delante de las narices de Yago.

—Aquí tienes. ¡Échales un vistazo, chico listo!

Todas las cartillas de ahorro tenían un agujero del tamaño de una moneda mediana cortado a troquel. Yago cogió una y miró asombrado el agujero.

—¿Qué significa esto? —preguntó.

—Significa que sacaron todo el dinero de la cartilla y que la cuenta de ahorro está cancelada —contestó la señora Zwoch.

Yago hojeó la cartilla. Durante años, todos los principios de mes, se habían hechos abonos de cuenta con regularidad. Tres mil, cuatro mil, muchas veces hasta seis mil chelines. Una vez al año se añadían los intereses. Cuatro de las hojas de la cartilla estaban repletas de la anotación «Imposición» con la de «Intereses» intercalada entre ellas. La cantidad ahorrada había aumentado al final de las cuatro páginas hasta 300.876 chelines austríacos. ¡Y en la página cinco toda esa suma había sido retirada de golpe!

—En todas las demás sucede lo mismo. —Mamá Zwoch señaló las cartillas agujereadas depositadas sobre la mesa—. Ahorró como una negra, y después sacó toda la pasta. A lo mejor la metió en el cepillo de la iglesia para ir al cielo. O la hizo jirones y se los dio de comer a las palomas. ¡Cualquiera sabe la de cosas que puede hacer una vieja maniática! Eso será un misterio para siempre. Y la verdad, a nosotros ni nos va ni nos viene. A fin de cuentas era su dinero...

Yago no necesitó más que un par de segundos para asimilar una noticia tan desalentadora.

—Pero también podría ser que deseara tener el dinero consigo y lo escondiera en casa —dijo al fin con tono optimista.

—Bah, esa idea es demasiado absurda —murmuró la señora Zwoch.

—Pero usted misma acaba de decir que nunca se sabe lo que puede hacer una vieja maniática —insistió Yugo.

La señora Zwoch untó una rebanada de pan con mantequilla.

—Eres un cabezota, vecino —dijo moviendo la cabeza—. Pero en fin, si hoy que es fiesta preferís buscar tesoros en lugar de dormir a pierna suelta, allá vosotros.

—¡Por supuesto! —Pups, vestida para salir, apareció en la puerta de la cocina sonriendo burlona.

Yago dio un último sorbo al café, se levantó de un salto, se inclinó con cortesía ante la señora Zwoch y salió como una ardilla detrás de Pups, que se dirigía ya a la puerta de casa.

—¡Sólo os corresponde un diez por ciento de recompensa por el hallazgo! —gritó la madre con una carcajada maliciosa.

En lugar de contestar, Pups cerró la puerta de un portazo tan fuerte que Tete y Wuzi se vieron arrancadas de golpe de su apacible sueño en esa mañana de ánimas. A la señora Huber, la del sexto, se le escurrió de las manos la taza de té que se llevaba a los labios en ese momento al confundir el portazo con un tiro.

—Las madres no tienen imaginación —se disculpó Pups mientras caminaba a buen paso junto a Yago hacia la casa de la Knitzdeibl.

—La mía, sí —replicó Yago—. Ayer se le ocurrió otra idea nueva: el dinero también podría estar colgado en la chimenea, justo debajo del tejado.

—¡Déjalo ya, por Dios! —gimió Pups, que no tenía el menor interés en agrandar las dimensiones del pajar en el que había que buscar la aguja.

—En mi opinión, la hipótesis más probable es su cama —apuntó Yago—. Una mujer como ella, vieja y enfermiza, pasa mucho tiempo acostada, y si hubiera querido tener el dinero cerca, la cama sería el sitio ideal.

—A mí se me ha ocurrido otro lugar: el depósito del inodoro —dijo Pups—. Una vez vi algo parecido en una película. En esa ocasión era heroína, bien envuelta en plástico, lo que flotaba dentro en el agua.

—A lo mejor no encontramos dinero, sino oro —aventuró Yago—. Al parecer, hay gente que confía más en el oro. Tal vez cambió por oro el dinero que retiró.

—¿Cuánto oro se puede comprar por cien mil chelines austríacos? —preguntó Pups.

Durante el resto del camino Yago se dedicó a hacer cálculos murmurando con aplicación, pero al llegar a la casa de la Knitzdeibl declaró que sólo podía decir que por esa cantidad se obtendrían aproximadamente unos doscientos cincuenta ducados del emperador Francisco José. Pero como ignoraba el peso de una de esas monedas, tampoco tenía la más remota idea de lo que podían pesar cien mil chelines en oro.

Pups se quedó un poco desilusionada. Ella ya había tenido en sus manos una de esas monedas. Era bastante ligera y no muy grande.

—¡Pues entonces esa suma cabría en una bombonera de tamaño mediano! —concluyó.

Extrajo del bolsillo del abrigo el manojo de llaves y buscó la del portón.

—¿Y qué? ¡Ojalá tuviéramos ya la bombonera! —replicó Yago—. Por lo demás, si hubiera comprado platino, cabría dentro de una cajetilla de tabaco.

Pups quiso enseñarle primero a Yago el jardín prohibido, pero éste se negó.

—Ya lo veré otro día —dijo—. ¡Ahora, a trabajar! ¡Deprisa, abre la puerta!

Y es que Yago tenía un frío horrible. Durante

el camino a pie hacia la casa Knitzdeibl, su temperatura corporal, ya elevada, había subido unas cuantas décimas. Ya se sabe que, cuando hace frío, la gente con fiebre pasa el doble de frío que la gente sana. Pero Yago hacía caso omiso de la carne de gallina y de los escalofríos que recorrían todo su cuerpo. Primero porque su lema era: Un indio no conoce el dolor. Y segundo, porque temía que Pups cesara en la búsqueda si se daba cuenta de que él no se encontraba bien.

A Yago no le causó el menor asombro ver la atiborrada casa de la difunta Knitzdeibl.

—Igualita que la de mi bisabuela —sentenció, e hizo que Pups le llevase sin demora a la habitación donde había dormido la dueña.

No se podía denominar del todo dormitorio a aquella estancia, porque allí también había un aparador de cocina, una mesita baja, tres sillas tapizadas, una cómoda con un infiernillo encima, una bañera de bebé y otros muebles poco corrientes en dormitorios.

Yago comenzó por la cama, quitó la almohada y las mantas, retiró la sábana, revisó los tres colchones de crin buscando «costuras delatoras», golpeó la cabecera y los pies de la cama buscando «compartimentos secretos» y al final no le quedó otro remedio que admitirlo.

—La idea de la cama era un error.

—Entonces vamos a mirar el depósito del inodoro —dijo Pups.

Yago se tumbó en la cama revuelta.

—Eso puedes hacerlo sola —dijo—. Mientras tanto pensaré lo que haremos a continuación.

Pups asintió y fue al retrete. Yago cerró los ojos. Se sentía fatal, débil, con un extraño temblor en las rodillas.

—Pronto estaré mejor, pronto me sentiré mejor, pronto estaré mejor, pronto me sentiré mejor... —murmuró en voz baja para sí.

Yago confiaba plenamente en la «auto-hipnosis». Tenía la firme convicción de que, dirigiéndose palabras de aliento, conseguiría un estado de ánimo óptimo, lleno de vitalidad y capaz de rendir al máximo.

Y dio resultado. Al cabo de unos minutos, volvió a sentirse mejor. Se levantó con esfuerzo y la emprendió con la mesilla de noche. Encima del mármol no había más que un montón de frascos de medicinas y un despertador. En el cajón encontró pañuelos de papel, pasadores, horquillas y peinetas, cintas, varios cigarrillos medio deshechos, y un peine al que le faltaban algunas púas. El cajón no tenía doble fondo. ¡Ni siquiera un fondo normal y corriente! Tras la puertecita situada debajo del cajón, vio dos orinales. Uno vacío, el otro lleno de bolsitas de infusiones de hierbas medicinales. Además, encontró una faja de color rosa, unos calzones de lana y dos bolas apergaminadas y duras como piedras, que algún día debieron ser limones. Tampoco la parte trasera de la mesilla de noche ocultaba ningún tesoro, sino un montón de telas de araña. Jadeando, puso patas arriba la mesilla, para comprobar si la Knitzdeibl había escondido su caja de caudales privada en la parte inferior.

¡Pero nada! Allí sólo se agazapaba una araña muy gorda. Esto le asustó de tal modo que le pegó una patada a la mesilla de noche y se subió de un salto a la cama dando alaridos.

—¿Qué ha pasado? —preguntó Pups entrando en la habitación.

—¡Una araña así de grande!

Yago extendió el pulgar y el índice formando una abertura de unos diez centímetros, lo que evidentemente era una exageración. Pero Yago, que tenía un pánico cerval a las arañas desde siempre, acostumbraba a aumentar el tamaño de esos bichos horribles.

—¡Ay, Dios mío! —susurró Pups—. ¿Dónde se habrá metido?

En la cuestión del miedo a las arañas, ella no le iba a la zaga.

Yago señaló la mesilla de noche.

—Primero estaba ahí encima. No sé dónde habrá ido.

Ella se reunió con él sobre la cama.

—En el depósito no había nada —informó.

Al mismo tiempo no paraba de mirar con desconfianza por toda la habitación. Donde había una araña, podía haber dos. ¡O incluso un ejército entero!

Pups cogió la mano de Yago.

—Vámonos a casa —le dijo—. No me apetece seguir buscando.

—Pues a mí me parece una tontería que nos dejemos amedrentar por una simple araña —opinó, mirándola sin saber qué hacer.

Pups se encogió de hombros.

—Seguro que es una tontería —reconoció—. Pero si tengo que pasarme el rato temiendo que un bicho semejante esté al acecho en cualquier sitio... —se acurrucó contra Yago—. Y puede haber arañas por todas partes. ¡Centenares!

Yago le pasó el brazo por los hombros. Se mordisqueó el labio inferior, cogió aire suspirando y meneó la cabeza.

—¡Odio mi miedo a las arañas! Es una verdadera faena que yo precisamente padezca ese trastorno —dijo al fin.

—Yo también lo tengo —dijo Pups—. ¡Y Tete no veas! ¡Y Wuzi por descontado!

Pero sus palabras no consolaron a Yago. «En las chicas», pensaba, «el miedo a las arañas es algo aceptable. ¡Pero en un chico normal es una supermancha! Un chico tiene que ser razonable, y los chicos razonables no se asustan de un bichejo que no puede hacerles ningún daño.»

Retiró el brazo de los hombros de Pups, saltó de la cama y dijo malhumorado:

—¿Volver a casa? ¡Ni lo sueñes! ¡Que se vayan a la mierda todas las arañas del mundo! Se subió a la mesilla de noche volcada, abrió las puertas superiores del aparador de cocina y empezó a sacar los pucheritos, cacerolas y botes apilados sobre el estante.

—Mi padre dice que es de valientes reconocer los propios miedos —le dijo Pups a gritos.

Yago arrastró la bañera de bebé junto al aparador y fue arrojando en ella todo lo que sacaba del mueble.

—Yo lo reconozco —contestó—. Lo que pasa es que no quiero dejarme vencer por él.

—Nadie está obligado a ser un héroe —dijo Pups.

—Ni tampoco un tonto que huye despavorido delante de una araña —respondió Yago.

Tras vaciar el estante del aparador, arrancó a jirones el papel con el que estaba forrado.

—Nada, como siempre —murmuró.

Metió los trozos de papel dentro de los pucheritos, cacerolas y botes y abrió de golpe las puertas inferiores del aparador. Tras ellas había un montón de bolsos de señora. Yago le tiró a Pups sobre la cama los viejísimos bolsos, uno tras otro.

—Mira dentro —dijo—. ¡Pero bien!

Pups obedeció la orden sin rechistar, y comenzó a abrir cremalleras, y cierres, mientras iba anunciando cada poco rato:

—No hay nada dentro. —Y cuando hubo revisado todos los bolsos, añadió—: Las arañas se mueren en otoño. Y hoy ya estamos a dos de noviembre. Dentro de dos o tres semanas no habrá quedado ni una.

Yago se apartó del aparador, se agachó y sacó una maleta de debajo de la cama.

—¡Y un jamón! —exclamó—. Sólo se mueren las pequeñas, las grandes hibernan. Pueden llegar a vivir diez años.

A pesar de que Pups estaba completamente convencida de las cualidades intelectuales de Yago, dudó de que las arañas pudieran llegar a vivir diez años. Se disponía a manifestar sus dudas al respecto cuando oyó resonar la voz de la señora Zwoch desde el pasillo:

—¡Pups! ¡Niño de la vecina...! ¿Dónde diablos os habéis metido?

—¡Estamos aquí! —gritaron al unísono.

Mamá Zwoch entró en el dormitorio de la difunta Knitzdeibl con cara de pocos amigos.

—Bueno, mamá... ¿Qué te parece todo esto? —preguntó Pups descendiendo de la cama—. Puede quedar precioso cuando esté todo arreglado, ¿no crees?

La señora Zwoch miró a su alrededor con expresión de repugnancia.

—Es como para echarse a llorar ahora mismo —dijo—. ¡Está todo tan podrido como me imaginaba!

Se encaminó hacia el aparador. Junto a él había un trozo de pared libre de muebles. La señora Zwoch cerró el puño y lo descargó contra el muro. Un trozo de yeso del tamaño de un plato se desprendió de la pared y cayó al suelo de golpe, seguido por trocitos de mortero.

—¡Mamá, no destroces nuestra casa! —chilló Pups.

Su madre se echó a reír.

—Aquí no hay nada que destrozar —contestó—. De eso ya se han encargado los dientes del tiempo.

A continuación se dirigió hacia la ventana.

—Hay más corrientes que en una pajarera —comentó—. Y los suelos... —dio un pisotón muy fuerte en el suelo... —están podridos.

—¿Por qué lo ves todo tan negro? —inquirió Pups.

Su madre volvió a reír.

—Es imposible verlo más negro de lo que es —contestó—. Es una locura restaurar esta ruina.

—¡Pero papá nos lo ha prometido! —exclamó Pups.

—¡Sí... sí! —asintió la madre—. ¡Y lo que vuestro padre promete, estoy obligada a cumplirlo! Así que la locura seguirá su curso. Y ahora, ¡venid! Nos vamos a casa.

La señora Zwoch agarró a Yago del brazo.

—Tu mamá acaba de llamarme. Ha telefoneado a tu casa y no has cogido el teléfono. En cuanto se ha enterado de que habías salido...

Yago la interrumpió.

—¡Pero si ya estoy curado! ¡De verdad!

Sin embargo, la señora Zwoch le empujó hacia el pasillo.

—Eso acláralo con tu madre. A mí me han encargado llevarte a casa y meterte de nuevo en la cama.

Yago se dejó sacar de la casa con discretos murmullos de protesta. Pups protestó con mucha menor discreción. Dijo, muy enfadada, que su madre se comportaba como un policía y que el niño de la vecina sabía mejor que nadie si estaba sano o enfermo. Pero a su madre no le impresionaron sus palabras y, tras obligar a su hija a entregarle las llaves de la casa, cerró la puerta, echó a Pups y a Yago fuera del portón y lo cerró.

—¡Bueno! ¡Se acabó! ¡No volveréis a entrar aquí! —exclamó—. Si lo hicierais, os llenaríais de piojos.

Puede que también cogierais una pulmonía con el frío. Esta ruina queda clausurada hasta más ver.

Pups y Yago trotaron hacia el coche, que estaba aparcado sobre la acera, frente al jardín delantero de la casa, infringiendo todas las normas de tráfico habidas y por haber.

—¡Hay que ver cómo se ha puesto! —dijo Pups enfurruñada.

—¡Y eso que no hemos hecho nada! —gruñó Yago.

Subieron al coche muy amargados.

La señora Zwoch cruzó la calle.

—¿Irá a visitar al señor Perz? —se asombró Pups.

Pero su madre no tenía esa intención. Le volvió la espalda a la casa Perz y con la mirada fija contempló el tejado de la casa Knitzdeibl.

—Está contando los agujeros del tejado —dijo Yago.

—Será para despotricar más de nuestra casa —respondió Pups.

Antes de que mamá hubiera terminado de hacer el inventario de los agujeros, el señor Perz salió corriendo de su casa, se acercó presuroso a la señora Zwoch, se inclinó ante ella y le besó la mano.

—Eso es lo que se llama un caballero a la vieja usanza —observó Yago.

—Y eso es lo que se llama un cerdo a la nueva usanza —comentó Pups señalando a Ottokar Schnorr, que cruzaba la calle dirigiéndose apresurado hacia la señora Zwoch y el señor Perz.

Pups bajó la ventanilla para oír lo que los dos calvos hablaban con su madre. A pesar de tener la ventanilla abierta, sólo logró escuchar fragmentos de conversación sin sentido. Únicamente oyó con claridad la frase con la que Ottokar Schnorr concluyó la charla.

—Entonces espero la llamada de su marido —dijo mientras se inclinaba.

—¿Por qué tiene que llamar papá a ese cerdo de Schnorr? —preguntó Pups cuando su madre subió al coche.

—Porque tenían los mismos tíos, por así decirlo. —La madre puso el coche en marcha—. Cree que deberíamos conocernos. Y más ahora que somos vecinos.

—¿Y qué quería Perz? —preguntó Pups.

—Me ha preguntado si esta noche estuvo en la casa alguno de nosotros. Dice que vio luz —la madre meneó la cabeza—. Pero la luz está desconectada. ¡Qué tontería!

—Podría haber sido una linterna de bolsillo —dijo Yago.

—¡Claro, claro! —la señora Zwoch esbozó una sonrisa irónica de oreja a oreja—. Otro buscador de tesoros. Y encima de noche. Otro que busca telarañas, polvo y trapos viejos.

Pups y Yago se miraron en silencio. Sin necesidad de palabras, coincidían en que la señora Zwoch «era un caso perdido» en todo lo referente al tesoro de la Knitzdeibl.

Pero al menos la señora Zwoch no fue tan cerril como para meter a Yago de verdad en la cama. Cuando Yago descendió del coche con Pups ante la casa de los Zwoch, consideró que había cumplido su misión y salió zumbando hacia el café Kripsmeier.

Pups y Yago subieron las escaleras despotricando del autoritarismo con que la señora Zwoch trataba a su prole y a la de la vecina. Pero sus protestas no sonaban muy convincentes. En el fondo, se sentían muy satisfechos de regresar a casa. Yago, por su enfermedad, y Pups, por el peligro de las arañas, pero no sólo por eso. Aunque no estaban dispuestos a reconocerlo, poco a poco se iban convenciendo de que la empresa de buscar el tesoro era inútil.

Cuando llegaron al segundo piso, Yago se detuvo para recuperar el aliento.

—Son las diez —dijo Pups—. Me quedaré contigo hasta que llegue Xandi. Prefiero dejar a Tete haciendo de niñera de Wuzi. Se le da mejor que a mí.

Yago recobró la respiración y siguió subiendo.

—Te daré alojamiento a cambio de que me frías los filetes que mamá ha empanado esta mañana —dijo—. A mí siempre se me queman.

—¡Hecho!

—Y lo mejor es que lo hagas ahora mismo —se entusiasmó Yago—. ¡Con filetes a las diez, se van las penas para no volver!

—¡Filetes a las diez, Pups se los comerá también! —exclamó Pups.

—Bueno, confío en que lo que ha preparado mi madre sea suficiente para los dos.

Tratándose de comida, a Yago siempre le preocupaba la cantidad. Estaba eternamente hambriento.

—Una ración pequeña también puede dividirse en dos —observó Pups.

Por desgracia, la ración de filetes empanados del niño de la vecina tuvo que ser dividida no por dos, sino por cuatro, pues Tete y Wuzi habían oído su regreso. La pared que separaba el pasillo de los Zwoch de la cocina de los Pamperl delató las voces de Pups y Yago. Wuzi llegó incluso a afirmar que olía a filetes empanados.

—¡Qué marranada! —bramó Tete pegada a la pared—. ¡No os llenéis la barriga solos!

—Nosotras también queremos filetes empanados —gritó Wuzi martilleando la pared con el puño.

—Estamos friendo pescado —retumbó la voz de Pups, sabiendo que a sus hermanas no les gustaba.

—Miente —le dijo Tete a Wuzi—. A estas alturas el olor a pescado ya habría traspasado la puerta y el pasillo apestaría. ¡Vamos! ¡No se vayan a creer esos que pueden tomarnos el pelo!

Wuzi y Tete entraron en la casa de la vecina y reclamaron su parte de los tres filetes empanados. Como repartir equitativamente tres filetes entre cuatro personas resulta bastante difícil, Yago los partió en trocitos del tamaño de un sello y los contó: eran treinta. Luego los repartió, dándole a Tete dos sellos de más. Pero Tete no se dio cuenta de ese generoso acto de amor.

Una ración de filetes empanados equivalente a siete sellos de correos no bastaba para saciar el hambre matinal de Yago, así que sacó también de la nevera el pudding de postre. Pero como tuvo que repartirlo entre cuatro, su estómago seguía sin estar satisfecho. Yago, pensativo, dejó resbalar su mirada por las puertas del armario empotrado de la cocina.

—Debería de haber galletas en alguna parte —suspiró—. Pero ya he buscado bastante por hoy —le dio a Wuzi, que estaba junto a él, un tironcito de un bucle—. Anda Wuzita, sé buena y busca las galletas.

—¿Por qué yo? —Wuzi le miró con expresión de rechazo.

—Porque eres una niña muy simpática.

Yago volvió a darle otro tironcito del bucle. Esta vez un poco más fuerte. Wuzi gritó «¡ay!» y le atizó una patada en la espinilla. Yago le agarró el pie y tiró de él hacia arriba con ambas manos hasta que la pierna de la niña quedó horizontal.

—A ver si te das cuenta de una vez, Wuzita, que conmigo siempre llevarás las de perder —advirtió, y, sin soltar el pie, dio unos pasos hacia atrás.

A Wuzi no le quedó otro remedio que seguirle

saltando sobre una pierna, manoteando con los brazos en el aire sin saber qué hacer.

—¡Suéltame! ¡Suéltame ahora mismo!

Yago se reía.

—No me atrevo —dijo mientras seguía andando hacia atrás—. ¡Me asesinarás en cuanto vuelvas a poner los dos pies en el suelo!

—¡Eso seguro! —rugió Wuzi, con la cara roja de ira.

Yago quiso sacarla al pasillo dando saltos. Pero ella, saltando a la pata coja, agarró el picaporte de la puerta de la cocina con los dedos de la mano derecha, se apoyó con la izquierda contra el marco de la puerta, levantó la pierna con la que saltaba y con un alarido se la hundió a Yago en el vientre. En un abrir y cerrar de ojos, el rostro de Yago se puso de color azul, soltó la pierna de Wuzi y cayó de rodillas al suelo. La niña aterrizó bruscamente, se dio una voltereta al revés y volvió a incorporarse más tiesa que una vela.

Yago sostenía ambas manos sobre sus partes más íntimas y se quejaba:

—¡Eso es juego sucio y está prohibido! ¡Ningún rival decente lo haría!

Wuzi, radiante de orgullo por su victoria, gritó:

—¡Chincha, rabiña, no he salido perdiendo, sino ganando! ¡Recuérdalo, imbécil!

Yago volvió a recuperar el color en el rostro, se levantó del suelo y regresó a la cocina vacilante. Se sentó encogido en una silla, gimiendo suavemente.

—¡Le está bien empleado! —Wuzi volvió a sentarse a la mesa y miró a sus hermanas exigiendo su aprobación.

—¡Eres una mala persona! —dijo Tete.

—Todo por darte un tironcito del pelo —añadió Pups.

—Vosotras siempre os ponéis de su parte —se

quejó Wuzi—. Aquí las únicas malas sois vosotras —tenía lágrimas en los ojos—. ¡Se lo diré a mamá! —y sacando del bolsillo del pantalón un pañuelo de mocos a cuadros rojos y blancos, se sonó la nariz muy enfadada.

Tete, Pups y Yago miraron alelados el billete marrón doblado en tres, que escapó revoloteando del pañuelo para aterrizar sobre la mesa. Wuzi no reparó ni en las miradas de asombro, ni en el billete.

—¡Me importa un pito! ¡No os necesito para nada! ¡Idiotas! —exclamó entre sollozos mientras se sonaba a conciencia.

Pero al apartar el pañuelo de la nariz, descubrió el billete de cien chelines e intentó volver a guardarlo a toda prisa en el bolsillo del pantalón, junto con el pañuelo.

Tete puso la mano sobre el billete.

—¿De dónde lo has sacado, Wuzi? —preguntó.

¡Un billete de cien chelines era una posesión demasiado asombrosa para Wuzi! Su madre le daba todas las semanas diez chelines para sus gastos y otro tanto la abuela Kripsmeier. ¡Wuzi era una avara, pero no ahorrativa! No dedicaba nada a los demás, lo guardaba todo para sí misma. Normalmente, solía gastarse su asignación semanal el día que se la daban.

—¡Dámelo! ¡Es mío! —Wuzi intentó arrancar el billete de entre los dedos de Tete.

—¡Primero dinos de dónde lo has sacado!

Tete no retiró la mano del dinero.

—Lo he... lo he... ¡Lo he encontrado! —replicó.

—¿Dónde? —Pups la agarró del hombro.

—¡No pienso decírtelo! —repuso negando con la cabeza.

—¡Entonces no volverás a verlo nunca! —Tete cerró el puño alrededor del billete—. ¡Queda requisado!

Fue asombroso, pero Wuzi no empezó a gritar

ni montó en cólera. Sólo se quedó sentadita, mordiéndose el labio inferior en completo silencio. A Pups la conducta de su hermana le pareció de lo más extraña.

—¡Vamos, suéltalo ya! —Pups clavó sus dedos en el hombro de Wuzi—. ¿Dónde lo has encontrado?

Wuzi ni siquiera protestó al sentir la fuerte presión en su hombro.

—¡No diré una palabra! —se limitó a repetir.

—¡De acuerdo! —dijo Tete—. Pero recuerda que no todo lo que encuentras te pertenece. Sólo tienes derecho al diez por ciento de recompensa.

Pups asintió, sacó una moneda de diez del bolsillo de su pantalón y la deslizó hacia Wuzi.

—Aquí tienes la parte que te corresponde.

Wuzi ni siquiera protestó. Hasta dejó en la mesa la moneda plateada. ¡Verdaderamente eso ya no era normal! Pups estaba segura de que ahí había gato encerrado. ¡Ese asunto exigía una explicación!

—Bueno, Wuzi —dijo—. ¡Como no sueltes ahora mismo dónde has encontrado el billete de cien, va a pasar algo gordo! ¡En serio! Voy a...

Pups se devanó los sesos buscando las más horribles amenazas con que amedrentar a su hermana. ¿Sótanos oscuros? ¿Chivarse a mamá? ¿Golpes? ¿O aquello de No-voy-a-volver-a-dirigirte-la-palabra-nunca-más? Pero antes de que Pups hubiese finalizado sus reflexiones oyó decir a su hermana pequeña:

—¡Solamente lo he sacado!

—¿Sacado? ¿De dónde? —preguntó Tete.

Wuzi musitó con la cabeza gacha:

—De la casa... donde... donde estuvimos.

—¿De dónde exactamente? —de la excitación, a Yago se le olvidó el dolor en sus partes más íntimas, y, levantándose de un salto, agarró a Wuzi del otro hombro.

—Lo saqué... lo saqué... lo saqué de un libro

—contestó Wuzi—, del que estaba sobre el banco polvoriento.

—¡Voy a volverme loco! —Yago se agarró la cabeza con ambas manos—. ¡Nosotros buscando y requetebuscando como tontos y esta pequeña pícara sabía dónde estaba la pasta!

Pups le dio a Wuzi una palmadita en su rizada cabellera.

—¿Era el único o había más?

Wuzi metió la mano en el otro bolsillo de su pantalón, sacó otro billete de cien doblado en tres, lo depositó sobre la mesa y después, rápida como el rayo, se deslizó de la silla.

—No tengo más, lo juro por mi honor —gritó, y salió corriendo como una ardilla de la cocina, atravesó el pasillo y abandonó la casa de los Pamperl.

—¡Esto no tiene nombre! —Tete meneó la cabeza—. ¡Esa enana pretendía embolsarse toda la pasta para ella sola! Pero, ¿qué demonios se imaginaba? ¿Que le daría para sacar a escondidas una superpaga para toda la vida?

A Yago y Pups no les interesaba lo más mínimo lo que pudiera haberse imaginado Wuzi. ¡Deseaban volver cuanto antes a la casa Knitzdeibl! ¡A registrar los libros! Pero ahora las llaves las tenía la señora Zwoch. Pups intentó llamar a su madre al café. Primero, el teléfono comunicaba sin cesar. Eso no era nada del otro mundo. A los clientes del café les gustaba telefonear y lo hacían continuamente. Cuando por fin dejó de sonar la señal de comunicando, el camarero se puso al aparato. Dijo que la jefa-junior había tenido que salir por un asunto urgente. No, no había dicho cuándo volvería.

Pups le rogó a José que le dijera a mamá que llamase a casa en cuanto regresara. ¡Era urgente! ¡Vital!

El camarero aseguró que le transmitiría el recado a la señora Zwoch.

A las doce menos diez el niñero llamó a la puerta de los Pamperl. ¡Enfadadísimo! Preguntó si Pups y Tete estaban borrachas. Subía por las escaleras, ¿y a quién se encuentra acurrucada y temblando de frío sobre el felpudo de la puerta de los Zwoch? ¡A Wuzi! ¡Por muy normales que sean las peleas entre hermanas, no se podía tratar así a la niña!

Tete, Pups y Yago pasaron con el niñero a casa de los Zwoch.

—En primer lugar —le explicó Tete al niñero—, no sabíamos que no tenía llave.

—En segundo lugar —añadió Pups—, habría podido volver y decirnos que le abriéramos la puerta.

—En tercer lugar —sentenció Yago—, le está muy bien empleado haberse pasado un rato tiritando. ¡Se lo merece!

Mientras el niñero removía la masa de la leche frita, Pups, Tete y Yago le contaron lo de los dos billetes de cien de Wuzi y de dónde habían salido.

—Creo que es pura casualidad —comentó el niñero.

Pero mientras freía la leche, hizo todo tipo de cálculos. Sobre libros y billetes de cien chelines. Un millón, en billetes verdes, serían diez mil billetes. En caso de que en cada libro hubiera un billete de esos, tenía que haber diez mil libros en casa de la Kenitzdeibl, y calculando un grosor de dos centímetros por término medio a cada libro, eso daba como resultado casi doscientos metros de estanterías abarrotadas de libros. ¡Eso equivalía casi a los fondos de una biblioteca municipal de tamaño medio!

—Nadie ha dicho que se trate de un millón —dijo Yago.

—En otros libros también podría haber billetes de mil chelines —comentó Tete.

—¡Y en algunos de diez mil! —exclamó Pups—. Entonces sólo harían falta cien libros por millón!

Pero el niñero siguió friendo imperturbable, murmurando que allí no había más que «soñadores» incapaces de pensar de manera «realista», y luego, cuando acabó de freír toda la masa, le llevó a Wuzi cinco pastelillos con azúcar a su habitación. Porque Wuzi se había ido a la cama. Al parecer se había «resfriado» por estar tanto tiempo sentada en el gélido descansillo.

Como si la conducta del niñero no hubiera supuesto ya bastante frustación para Tete, Pups y Yago, después de comer llamó la señora Zwoch, aumentando la frustración más aún si cabe.

—¿Qué ha pasado? ¿Hay alguien enfermo? —preguntó.

Pups estaba diciendo que no, que nadie estaba enfermo, que se trataba de las llaves de la casa, cuando su madre la interrumpió.

—¡Me vais a hacer perder los estribos! —oyó regañar a su madre por el auricular—. Yo aquí, preocupadísima, pensando que ha ocurrido una desgracia! ¡Os lo digo y os lo repito: no se os ha perdido nada en ese chamizo! ¿Es que no os lo he dejado bien claro esta mañana? ¡Y tú, será mejor que te dediques a estudiar más para el colegio, en lugar de malgastar tu escaso cerebro en esas mentecateces!

Y después añadió que tenía que servir y cobrar en la caja y que no tenía tiempo para llamadas absurdas.

—Y si tienes una pizca de consideración hacia una mujer que se desloma a trabajar, haz el favor de no seguir molestando a tu pobre madre —concluyó.

Pups colgó el teléfono con brusquedad.

—¡Vale! —dijo enfurruñada—. Si a los mayores

no les importa el dinero, pasaremos de ellos. ¡Tendremos que actuar en secreto!

—Pasado mañana vuelve papá. ¡Él no es tan cerril! —comentó Tete.

Pups se tocó la frente con el dedo índice.

—¿Te has creído que voy a esperar hasta pasado mañana? ¿Para oírle decir que también nos considera unas tontas?

—Mañana mismo a mediodía, después de clase —dijo Pups—, continuaremos la búsqueda del tesoro. Coger del bolso de mamá el manojo de llaves de la casa Knitzdeibl no será difícil.

—¿Y si se da cuenta? —preguntó Yago.

—Imposible —contestó Tete—. Mamá lleva en su bolso dos kilos de porquerías diversas. ¡No lo notará! ¡Te lo garantizo!

CAPÍTULO 5

copiado del diario de Yago,
el niño de la vecina,
en el que se demuestra
que las personas de firme voluntad
prosiguen imperturbables su camino.

3 de noviembre

Todavía no tenemos las llaves de la casa Knitzdeibl. La verdad, me parece inexplicable que Tete y Pups no hayan conseguido aún cogerlas del bolso. ¡No puede ser tan difícil! De acuerdo, ayer la señora Zwoch no volvió hasta medianoche. Pero hoy por la mañana temprano debían haberlo logrado. No creo que la buena señora se lleve el bolso al baño y al retrete. Y distraer a Wuzi para que no se dé cuenta del robo de las llaves es pan comido.

Me parece que Tete es demasiado noble para birlarle algo a su madre. Sólo que ella misma no lo sabe. Su inconsciencia le impide actuar. Pero Pups no lo es, y como esta noche vuelva a fracasar en el asunto de las llaves, mañana por la mañana me invitaré a desayunar en la casa de al lado y resolveré personalmente el asunto. Quiero saber de una vez si hay dinero en los libros. Tete tiene razón al decir que el dinero no va a salir volando, pero de algún modo me siento como un perro rastreador al que no le sueltan la correa, a pesar de haber olfateado la pista.

Los dos billetes de cien que le quitamos a Wuzi,

los ha guardado Pups en una lata de galletas de color rojo. En uno de los billetes, bajo el escudo nacional, hay un número escrito, muy pequeño, con bolígrafo rojo: 67743. Y al lado la letra «m». ¿Significará algo? Tal vez no. Yo he tenido en mis manos muchas veces billetes con cosas escritas.

En cualquier caso, sería súper que mañana por la noche tuviéramos toda la lata de galletas repleta de billetes de cien y de mil. La señora Zwoch y Xandi se quedarían con la boca abierta. Y también mi madre, dicho sea de paso. Al principio se comportó como si estuviera completamente de acuerdo conmigo en todo el asunto del dinero. Pero hoy, cuando le he hablado de los libros, ha sonreído de una manera muy rara. Como diciendo: ¡Me encantan las cosas que se le ocurren a este niño! ¡Me llegan al alma!

4 de noviembre

¡Rayos y truenos, es para volverse loco! La Zwoch llegó ayer a casa a las seis de la tarde. Yo pasé inmediatamente. «Voy a enseñarles a Tete y a Pups cómo se roban las llaves», pensé. Sin que nadie se diera cuenta le eché el guante al bolso de la Zwoch y me fui al cuarto de baño con mi botín. ¡Qué locura, la de cosas que acarrea esa mujer en el bolso! Pero entre tantos cachivaches no estaban las llaves de la casa Knitzdeibl. ¡Con toda seguridad!

Hoy hemos desperdiciado la tarde buscando las llaves por toda la casa de los Zwoch. A Xandi le hemos dicho que queríamos ordenar. Se le veía muy emocionado. Pero no las hemos encontrado. No están en casa. Tete y Pups opinan que sólo pueden estar en el café.

5 de noviembre

Hoy tiene previsto su regreso el señor Zwoch. Tete y Pups piensan que se pondrá de nuestro lado. A él podemos contárselo todo. Pero yo estoy por no revelarle el secreto. Preferiría coger las llaves a escondidas en el café, aunque comprendo que en este asunto no soy quién para hacer ni decidir nada. No se trata de mi casa ni de mi dinero. De todos modos, esta tarde no hubiera podido ir a buscar el dinero. Tengo que copiar montañas de apuntes. Me he quedado muy atrás por culpa de esta gripe tan larga. Y encima mañana tenemos examen de matemáticas. El profesor me dijo que no era necesario que lo hiciera, pero ya me las arreglaré.

Acabo de asomarme un ratito a la ventana para refrescar mis ideas. El señor Zwoch ha llegado en un taxi. Tete y Pups me prometieron que, en cuanto hablaran con él, pasarían a contármelo todo. La verdad, ¿por qué no pasar a su casa? ¡Ya he estudiado bastante! Además, estoy sobre ascuas. Ignoro si al señor Zwoch le sentará bien mi visita. Hace dos semanas oí cómo le decía a su mujer: «¿Es que hemos adoptado al niño de la vecina?»

¡Y todo porque volví a pasar otra vez antes de irme a la cama, para pedir prestada una botella de cola!

No sé cómo le caigo a ese hombre. Para tan poco en casa, que no me puedo hacer una idea. A veces es supersimpático, y otras parece como si le atacase los nervios. Pups dice que no le dé más vueltas al asunto. Que también es así con ellas. Pero a lo mejor lo dice solamente para no ofenderme.

Creo que es preferible que siga sobre ascuas y me dedique a las raíces de no sé qué estúpidos números cuadrados.

6 de noviembre

La tarde de ayer me dejó tan k.o. que no fui capaz de escribir ni una línea. Primero tenía que consultarlo con la almohada. Ahora que lo he consultado, sigo sin entenderlo. Sucedió así: estaba sentado sacando raíces de números de siete cifras cuando Pups llamó al timbre diciendo que había que salir ahora mismo. ¡A registrar la casa! Xandi también nos acompañó. Tete no, claro, por la alergia al polvo.

Fuera zapatillas, vengan zapatos y anorak. ¡Tenían prisa! Ya eran las tres y media y en noviembre oscurece pronto.

Pups me dijo que su padre todavía no sabía nada de los dos billetes de cien de Wuzi. No había habido tiempo para explicaciones.

Pasamos a casa de los Zwoch. El padre habló por teléfono con su mujer. Por lo de las llaves. Para ver si estaban en el café. Después colgó y dijo que su mujer vendría en seguida con las llaves. ¡Y que nos reservaba una sorpresa!

Así que el señor Zwoch, Xandi, Wuzi, Pups y yo bajamos a la calle a esperar a la señora Zwoch. Wuzi no paraba de preguntar que qué sorpresa era esa. Y entremedias gritaba que era una niña muy valiente, porque se atrevía a volver a la casa del fantasma.

Tuvimos que esperar diez minutos delante del portal, con un viento helado, hasta que por fin apareció el coche de la señora Zwoch. Su marido subió delante. Xandi, Pups, Wuzi y yo tuvimos que apretujarnos en el asiento de atrás. Y como Xandi no es un hombre delgado que digamos, el trocito de asiento que no estaba ocupado por su trasero apenas bastaba para Pups y para mí. Así que Pups se tumbó atravesada encima de nosotros tres. Para desgracia mía, pues me tocó aguantar sus pies sobre mi regazo. Cada dos curvas me daba una patada en las costillas. Pero gracias a Dios ese viaje como sardinas en lata no duró mucho tiempo. Al cabo de unos minutos volvimos a salir del coche. La señora Zwoch había aparcado delante de la casa del señor Perz.

Mientras cruzábamos la calle, la señora Zwoch les dijo a su marido y a Xandi que no iban a apreciar en su justo valor la sorpresa, porque no habían visto la pinta que tenía antes esa vieja ruina.

Entonces abrió el portón de la casa.

–Pasad, pasad, y asombraos –invitó.

Pups y yo fuimos los primeros en entrar en la cochera.

Todos los trastos que estaban antes a la izquierda habían desaparecido. El lugar estaba despejado y limpio como los chorros del oro. Hasta habían barrido el suelo adoquinado. Y la puerta de la vivienda estaba abierta. ¡De par en par! Nada más verlo, me olí la desgracia.

Entré con Pups en la casa como una tromba. Estaba vacía. ¡Los muebles, los cachivaches, todo, absolutamente todo, había desaparecido! Hasta la vieja bañera y el hornillo. Y en la habitación donde antes estaban los libros no había más que una escoba vieja apoyada en el trozo de pared situado entre las ventanas.

Pups y yo nos quedamos tan aplanados que no fuimos capaces de decir ni pío. Los demás, en cambio, hablaron hasta decir basta. La señora Zwoch anunció orgullosa que ahora todo estaba limpio, totalmente limpio. Que había hecho algo fantástico. Que ahora se podía tener una visión de conjunto y llamar a un constructor. Wuzi gritaba que ya no tenía miedo, porque el fantasma de la vieja Knitzdeibl seguro que había sido expulsado con el resto de los trastos. Xandi y el señor Zwoch se deshicieron en alabanzas a la señora Zwoch por su obra. Su marido dijo que todo lo que su mujer cogía entre manos, tenía pies. ¿O pies y cabeza? ¡Bueno, algo así! Además la señora Zwoch también aspiraba a que la felicitasen por haberse «superado a sí misma». Dijo que había sido un trabajo psicológico muy duro encariñarse con esa casa ruinosa. Al final había cedido por amor a sus hijas.

Entonces los señores Zwoch, Wuzi y Xandi subieron por la escalera estrecha al desván. Para medir cuántas habitaciones abuhardilladas cabrían allí.

Pups y yo seguíamos parados, como fulminados por un rayo. Sobre nosotros resonaban los pasos de los mediocres y hasta oíamos sus palabras. Sobre todo las de la señora Zwoch. Contaba por qué había sido tan rápida la «limpieza a fondo»: los cuatro jóvenes que habían montado la empresa de servicios relámpago ALMI eran clientes habituales del café Kripsmeier. Estaban especializados en vaciar viviendas tras la muerte de sus inquilinos. Gracias a su amistad con la señora Zwoch se habían encargado de adecentar la casa Knitzdeibl. Lo habían hecho en dos días y una noche matándose a trabajar. Y encima baratísimo, a un precio superespecial. A cambio recibirían durante toda su vida el café y las mediasnoches al «precio de la casa». Favor con favor se paga. Además, los del servicio relámpago también ayudarían en la restauración. A un precio superespecial, por supuesto.

Pups recuperó el habla antes que yo.

–¿Qué vamos a hacer ahora? –me preguntó.

Yo seguí mudo, sin saber qué contestarle, y me limité a encogerme de hombros.

Luego volvieron a bajar los demás. El señor Zwoch dijo que arriba estaba oscuro como boca de lobo y que ya no se veía ni gota. Rebosaba alegría y satisfacción. No se cansaba de repetir que la herencia era una suerte. A Xandi también se le veía muy entusiasmado. Y Wuzi farfullaba «¿dónde va a estar mi cuarto?», o algo parecido, y precisaba que donde más le gustaría sería debajo del tejado, pero sólo si le ponían un cuarto de baño.

La señora Zwoch estaba radiante de satisfacción. Así es ella. O absolutamente en contra o absolutamente a favor. Por lo visto, basta un cuarto de hora de insomnio para hacerla cambiar de opinión.

Xandi fue el único que se dio cuenta de la consternación de Pups y mía, y nos preguntó qué nos pasaba. Yo le di a Pups un empujoncito en el costado. A fin de cuentas, sólo soy el niño de la vecina y no tengo ningún derecho a intervenir en los asuntos de la familia Zwoch.

Pups respondió que toda la fortuna de la señora Knitzdeibl estaba en los libros.

Los Zwoch, como es natural, no entendían ni patata. Y Xandi se rió como una idiota y le dijo a la señora Zwoch con mucha sorna que nos había chafado la búsqueda del tesoro. Le contó entonces lo de los dos «casuales» billetes de cien y el «disparate» que nosotros habíamos deducido del hallazgo. La señora Zwoch comentó que en los libros no había dinero, con toda seguridad, porque se los habían llevado en el último viaje, y ella había estado delante. Los tipos del servicio relámpago habían transportado los libros al camión en grandes cajas de cartón. Se rompieron dos. Ya se sabe que los libros pesan mucho. Ella había ayudado a recoger los libros del suelo. Y no había visto ni un solo billete de mil y no digamos de diez mil. De modo que nos aconsejó que olvidáramos de una vez toda esa locura del tesoro.

El señor Zwoch, sin embargo, opinó que la idea era interesante. Al fin y al cabo Wuzi había encontrado dos billetes de cien, ¿no? Sería demasiada casualidad que hubiera cogido precisamente los dos libros que contenían dinero. Este argumento convenció a Xandi. Movió su cabeza de un lado a otro y dijo, que visto así, la cosa era digna de tenerse en cuenta.

Para entonces yo había recuperado el habla. Ha-

blando a dúo atropelladamente, Pups y yo tratamos de convencer a Xandi y al señor Zwoch. Que unos cuantos libros no escondieran dinero, decíamos, no demostraba absolutamente nada. Al fin y al cabo, la señora Zwoch no los había hojeado con detenimiento. Y en resumidas cuentas, diez billetes de diez mil metidos en diez libros, habrían sido una pequeña fortuna nada despreciable.

Estoy completamente seguro: casi teníamos convencidos a Xandi y al señor Zwoch. Pero entonces la señora Zwoch llamó a su marido desde la cocina, adonde había ido con Wuzi durante nuestra labor de persuasión. ¡Que fuera inmediatamente!

Su marido corrió a la cocina, estuvo un ratito cuchicheando con ella y luego regresó a nuestro lado y dijo que teníamos que volver a casa, que nos quitásemos de la cabeza la idea del dinero y los libros. Que nos olvidásemos, que carecía de fundamento.

Y por más que insistimos, no nos dio ninguna explicación. Se limitó a repetir obstinadamente que teníamos que olvidarnos de todo el asunto.

Está más claro que el agua que había cambiado de opinión después de cuchichear con su mujer. A continuación también Xandi cambió de opinión. Curiosamente, después de que la señora Zwoch cuchichease con él.

Pups, Tete y yo hemos intentado sonsacarle a Xandi los motivos. Queríamos saber lo que había estado diciéndole con tanto secreto la señora Zwoch. Pero sólo pudimos sacarle una frase: «Sin comentarios». ¡No lo entiendo! ¡Se han vuelto todos locos de repente!

Mi madre me ha dicho que el asunto ni me va ni me viene. Que me debe dar igual que los vecinos tiren a la basura libros que esconden una fortuna. Dice que nosotros no vamos a hacernos más ricos por eso. ¿O es que pretendo reclamar el diez por ciento de recompensa por el hallazgo? ¡Qué ocurrencia tan miserable! Para mí no deseo un céntimo.

7 de noviembre

Xandi, tozudo como una mula, sigue repitiendo la misma cantinela: «Sin comentarios».

Los señores Zwoch no dan más que respuestas escuetas del tipo de «No hablemos más del asunto» y «Dejemos ese tema».

También Tete, y eso me ha decepcionado mucho, ha perdido el interés. En realidad, nunca ha estado demasiado entusiasmada. Tal vez porque su alergia le impedía participar. Hace unos minutos me ha dicho: «Qué le vamos a hacer, vecino... De cualquier manera, aunque hubiera habido dinero, se ha perdido definitivamente.» Y después ha añadido que deje de romperme la cabeza intentando averiguar lo que su madre le cuchicheó a su padre en la cocina. No debió ser nada de otro mundo. Seguro que le dijo que hiciera el favor de apoyarla en sus opiniones. Y como su padre normalmente obedecía esa orden, no había nada que adivinar.

Pups asintió.

Me resulta incomprensible que las dos se lo tomen con tanta tranquilidad. A pesar de que no se trata de mi dinero, la idea de que los tipos del servicio relámpago se queden ahora con toda la pasta me pone enfermo. Y a lo mejor esa gente tampoco se da cuenta de nada y venden los libros como papel viejo. En ese caso una fortuna iría a parar a la trituradora. Un montón de billetes de mil y de diez mil reducidos a minúsculos trocitos se convertirían en pasta para fabricar papel reciclado. ¡Una locura! Se lo he explicado con mucha insistencia a Tete y a Pups. Ésta al menos se ha quedado impresionada hasta cierto punto. Pero su hermana ha dicho que la dejara de monsergas. Que tiene otras preocupaciones. Las otras preocupaciones son dos espinillas en la frente. No para de estrujárselas. Y claro, así no hacen más que crecer y crecer.

Ahora Tete y Pups están metidas en el cuarto de baño de su casa. Pups le está cortando el flequillo a Tete. ¡Para que le tape las espinillas! Y eso que Tete ha dicho siempre que aborrece el flequillo. A mí no me han dejado quedarme a presenciar el corte de pelo. Así que me he ido. Hoy tengo que hablar con Pups como sea. No pienso darme por vencido con tanta facilidad. Voy a impedir que una fortuna se convierta en papel de escribir.

8 de noviembre

¡Pups es tan imbécil como los demás! He tenido una larga charla con ella. Mejor dicho: ha estado intentando convencerme. Me ha dicho que sus padres le enseñaron las cartillas de ahorro de la señora Knitzdeibl, que demuestran que no hay ninguna fortuna; que su padre habló largo y tendido con el señor Perz, y que éste le contó que corría el rumor de que le había prestado todo el dinero a su sobrino segundo, pero que naturalmente no había forma humana de demostrarlo. Pups añadió que estaba más claro que el agua: el malvado Ottokar Schnorr se había quedado con toda la pasta. ¡Sí, el mismo, el dueño del jardín maravilloso! Y que soy un tonto de capirote por negarme a aceptarlo. ¡Bueno, pues antes de aceptarlo, pienso hacer algo todavía! Al fin y al cabo, mi teoría del dinero y los libros es por lo menos tan plausible como la de que el señor Schnorr se haya embolsado la pasta.

9 de noviembre

Tengo la impresión de que voy a tener que pasarme el resto de mi vida hecho unos zorros. Acabo de dejar atrás esa gripe asesina y ya les ha tocado el turno a mis pies. Cuatro ampollas en el derecho y tres en el izquierdo. Y eso que cuando me probé los zapatos nuevos en la tienda, no me apretaban. Esto me pasa por correr durante horas con herraduras nuevas. Aunque quién sabe si mis ampollas no serán el castigo que sigue siempre a las malas acciones.

Porque hoy he hecho novillos. En realidad sólo pensaba fumarme las dos primeras clases. Pero el servicio relámpago ALMI no abre sus puertas roñosas hasta las nueve. Al menos eso dice el letrero de la entrada. La verdad es que la señora del servicio relámpago no llegó en su coche hasta las nueve y veintisiete. Yo ya estaba convertido en un carámbano.

La dirección del local de ALMI me la dio Pups. Aunque le parece «desquiciante» que siga empeñado en ir tras el dinero, dijo que la voluntad del hombre es vida y que ella no quiere ser un obstáculo ni en mi voluntad ni en mi vida. Copió las señas de una tarjeta de visita del servicio relámpago que guardaba su madre en el bolso y me la dio. Ahora resulta que esos tipos de ALMI van a encargarse también de restaurar la casa. No sólo se dedican a desalojar los trastos, sino también a restaurar. Por lo visto, salen más barato que los obreros normales. Sólo hay que contratar a un constructor para «lo gordo». Solar, pintar, alicatar y tareas parecidas, las hará el servicio relámpago.

La señora de ALMI, que en realidad parece más una chica y seguro que no tiene más de veinte años, se quedó muy asombrada al verme espárandola delante de la puerta de la oficina.

Yo le dije que soy uno de los Zwoch. Hasta cierto punto es verdad. Soy casi de la familia. Pero la señora-chica creyó naturalmente que soy hijo de los Zwoch. Le expliqué que tenía un problema con los libros. Que necesitaba uno de ellos y me gustaría cogerlo. Ella me preguntó cómo pensaba encontrarlo entre esa enorme mon-

taña de libros. Le contesté que me dejara hacer a mí, que ya me las apañaría. Me advirtió que el almacén donde dejaban las cosas que retiraban estaba muy lejos, en las afueras de la ciudad. Le contesté que eso carecía de importancia, que ya me encargaría yo de ir hasta allí. Pero es que está cerrado, me explicó, y no podría entrar. En ese caso podría darme la llave, le repliqué. La tiene Ludwig, me contestó. O Agata. Le pregunté dónde podría encontrar a Ludwig, o a Agata, por lo de la llave. Me dijo que era un niño de lo más testarudo. Que qué libro era ése cuya búsqueda me tenía tan obsesionado. Le conté entonces una mentira estupenda: nunca había podido olvidar mi primer libro de estampas, que me había roto mi hermana pequeña. Tras pasarme años enteros llorando por él, lo había vuelto a encontrar en las estanterías de la casa de la Knitzdeibl. ¡Es una edición idéntica! La señora-chica se quedó muy conmovida. Cogió el teléfono, marcó un número y le preguntó a quien estuviera al otro extremo de la línea que si estaban Ludwig o Agata. Estaba Agata y le contó mi historia. Luego escuchó asintiendo con la cabeza. Por fin colgó y me contó que los libros ya no estaban en el almacén. La camioneta donde cargaron los libros había exhalado su último suspiro. Camino del almacén. Apenas a un par de calles de distancia de la casa Knitzdeibl. Y allí seguía, porque nadie había tenido todavía tiempo de arreglarla. Le pregunté el nombre de la calle. Lo ignoraba. Luego me preguntó cómo se llamaba el libro ilustrado que estaba buscando. Según me contó, la encargada de clasificar los libros en el almacén era ella. Para vendérselos después a anticuarios y evitar así que un «objeto valioso» se vendiera «al peso» por un desdichado descuido. Ella me prometió que me guardaría mi libro, o al menos eso me dijo.

En ese momento no se me ocurrió ningún título. La miré como un idiota. ¡Fue violento de verdad! Ella comenzaba a mirarme de una forma muy rara, así que me inventé un título a toda prisa. «Chiquitín en el país de Jauja», le dije. Ella cogió un papel y apuntó ese título tan tonto. Después me marché, cruzando toda la ciudad, porque no tenía dinero para el tranvía. Llevo siempre el monedero en la cartera. Y me la había dejado en casa.

Me dirigí a casa de la Knitzdeibl. Recorrí una callejuela tras otra buscando una camioneta. Pronto empecé a cojear, y la cojera fue en aumento a cada paso, a cada calle que recorría. Los zapatos me hacían un daño espantoso. Me salieron en los talones una ampolla detrás de otra. Pero me mordí los dientes y seguí andando. Luego, las ampollas comenzaron a explotar y los talones a dolerme de una forma tan espantosa que con gusto hubiera gritado cada vez que daba un paso. Así que renuncié y me volví a casa andando a trompicones. Justo a dos calles de mi casa, va y me entra tal dolor en los talones, sobre todo en el del pie derecho, que me paro, me apoyo en la pared de una casa e intento respirar profundamente. Y cuando estoy apoyado ahí, veo, al otro lado de la calle una camioneta Volkswagen con plataforma del año de maricastaña. Con un toldo agujereado cubriendo la plataforma. Sobre la puerta del conductor se veía escrito en esprai rojo ALMI. Y debajo un número de teléfono.

¡Lo intenté con todas mis fuerzas! ¡Me concentré y probé con la autohipnosis! «No me duelen los pies, nada en absoluto, un par de ampollas son una fruslería, no hay que dejarse vencer por ello, mis pies no me duelen nada». Y frases por el estilo.

No funcionó. Al contrario. Empecé a ver estrellitas plateadas delante de los ojos. Y mis pies latían y palpitaban como si tuviera un corazón en cada talón. Introduje en los zapatos, debajo de los talones, las manoplas enrolladas. Para que al menos las ampollas superio-

res quedasen fuera de estas herraduras infernales. Después eché a andar hacia casa. Más o menos como la anciana Huber de la casa de al lado. Un paso, dos pasos, tres pasos, y parada para recuperar el aliento. Y aquí estoy a punto de morderme los talones de rabia. ¡Renunciar a cinco metros del objetivo es ridículo! ¡Es intolerable! ¡No puedo consentirlo! ¡No soy un cagón! ¡No voy a hacer el «ridi» ante mí mismo!

CAPÍTULO 6

en el que Yago, el niño de la vecina, vive una experiencia estremecedora y está a punto de cometer un asesinato cuando de repente Pups se acuerda del «67743 m».

Una hora después de que Yago hubiera aclarado en su diario que no era un cagón ni iba a hacer el ridículo, volvió a salir de casa, y como estaban a punto de dar las doce se tropezó con Winterstein en la escalera.

—¿Pero cómo, ya has venido del colegio? —preguntó asombrado el niñero.

—No, hoy no he ido —contestó Yago—. Tengo cosas más importantes que hacer.

Winterstein se disponía a iniciar una pequeña conferencia sobre los «deberes fundamentales de un niño», pero se olvidó, porque acababa de reparar en el calzado de Yago.

—Pero ¡niño!, ¿se puede saber qué significa eso?

Señalaba perplejo los descomunales zapatos de color amarillo chillón.

—Son de mi padre —explicó Yago—. Se olvidó llevárselos cuando se marchó.

—¡Si son por lo menos siete números más grande que el tuyo! —exclamó el niñero.

—Uno ha de seguir las huellas de su padre y calzarse sus zapatos —replicó Yago lleno de dignidad. Saludó con la cabeza al aturdido niñero y siguió bajando las escaleras, despacio y con mucho cuidado. Notaba una extraña sensación en los pies, pero ya no le dolían.

Entre las ampollas reventadas y los contrafuertes de los zapatos se había fabricado unos «parachoques» con mucho algodón, esparadrapo, gomaespuma y vendas. Unos enormes calcetines de rizo, también herencia de su padre, fijaban los parachoques a los pies.

—¿Estás ensayando para hacer de Charlot disfrazado de yema de huevo? —le gritó el niñero.

Yago pasó por alto la estúpida pregunta y salió del portal caminando con torpeza en dirección a la calle Geyer y a la camioneta de ALMI. Le costaba avanzar, tenía que tener mucho cuidado de levantar como es debido la pierna a cada paso que daba. Su miedo a llamar la atención por aquellos desconcertantes zapatones de color amarillo chillón era infundado. Las escasas personas que se cruzaron en su camino ni siquiera se dignaron mirarle y continuaron andando con los ojos fijos dirigidos al frente. Su temor a que los del servicio relámpago se hubieran llevado entretanto la camioneta también resultó infundado. Aquella reliquia seguía en el mismo lugar de la calle Geyer, y Yago dio gracias al cielo de que el vehículo hubiera decidido ponerse en huelga en un lugar tan tranquilo. Aparte de una niña pequeña que había sacado a pasear a un enorme perrazo, no se veía un alma por los alrededores.

Yago dio unas vueltas alrededor del cacharro de ALMI andando como un pato. Algunos agujeros de la lona, por los que pasaba una cuerda que se ataba al vehículo, estaban deshechos.; en la parte trasera sólo había dos intactos y un trozo de lona flotaba a merced del viento. Yago metió la cabeza por debajo.

—¡Vaya, vaya! ¡Por fin os encuentro! —murmuró rebosante de satisfacción.

Sobre la plataforma se apilaban cajas de cartón llenas de libros y entre ellas todo tipo de trastos viejos de la Knitzdeibl, predominantemente de la variedad «ropa vieja».

Yago intentó subir a la plataforma. En circunstancias normales lo habría conseguido en un abrir y cerrar de ojos. Pero con aquellos malditos zapatos superlargos era casi imposible. Aquella especie de abarcas gigantescas no le proporcionaban un punto de apoyo, así que tampoco podía encontrarlo en ningún otro sitio. En cuanto apoyaba un pie, se resbalaba.

Yago pensó: «Dentro de la camioneta no me harán ninguna falta estos absurdos zapatos.»

Se quitó de los pies los molestos chismes y, tras dejarlos en el suelo, trepó con rapidez por la pared trasera del camión. Su caída en la plataforma entre dos pilas de cajas de cartón y un montón de cortinas polvorientas no fue muy elegante que digamos.

Bajo la lona estaba bastante oscuro. Pero Yago no quería leer los libros. Para buscar billetes le bastaba y le sobraba con la escasa luz que penetraba por los agujeros de la lona.

Yago empezó por las cajas superiores de las pilas entre las que había caído. Sacó libro por libro, los sacudió a conciencia, con el lomo hacia arriba. Cuando las dos cajas estuvieron vacías no había encontrado más que un billete de tranvía viejísimo y una estampita amarillenta.

Yago la emprendió valerosamente con las dos cajas siguientes. Contenían numerosos mamotretos encuadernados en piel marrón. Yago pensó con optimismo: «El dinero va que ni pintado con la piel estampada en oro. ¡Esto presagia el éxito!»

Los libros de piel era tan pesados que casi no podía sacudirlos. Yago empezó a resoplar. Como premio a su duro trabajo cayeron revoloteando una hoja de calendario con la fecha 17 de febrero de 1916 y una nota escrita a mano. En la hoja de calendario había una receta de cocina impresa. ¡Pastel de judías de guerra, menuda delicia! Y en la nota alguien había escrito a lápiz títulos de libros y nombres de escritores. Goethe, *Stifter, Heinrich Heine, Sátiras, El hombre sin atributos, Nachsommer,* leyó Yago acercando la nota a un agujero de la lona.

Decepcionado, se guardó la nota y la hoja del calendario en el bolsillo del pantalón. Pero en seguida recobró el ánimo y se dijo a sí mismo: «¡Está claro! Es justo al revés. Como el dinero y los libros caros pegan, ha escondido el dinero donde nadie sospecharía.»

Así que Yago miró su alrededor buscando obras más raídas. Justo cuando acababa de descubrir una caja con «libros de baratillo» y se esforzaba por tirar de ella para sacarla de debajo de otra, oyó decir a alguien en voz muy alta y a escasa distancia:

—Bueno, vamos a probar a ver si este viejo cacharro quiere volver a ponerse en marcha.

Yago apartó las manos de la caja y contuvo el aliento.

—Eran las bujías y él asegura que las cambió —dijo otra voz.

Los que hablaban tenían que estar junto al camión, pegados a la lona de uno de los laterales.

Yago pensó: «¡Fuera, fuera! ¡Tengo que salir de aquí ahora mismo!»

Pero eso era más fácil de decir que de hacer. El camino hacia la lona ondeante de la parte trasera estaba ocupado por cajas de cartón, manojos de harapos y montañas de libros revisados. ¡Imposible pasar por encima con rapidez!

Una puerta del camión se cerró de golpe, luego la otra el motor empezó a traquetear. Yago sólo había conseguido poner una mano en la pared trasera. A continuación, el trasto echó a andar a trompicones, y Yago tuvo que apartar la mano de la pared trasera y protejerse la cabeza con ambos brazos para evitar que las cajas de cartón, que se deslizaban de un lado a otro, se la pusieran morada a golpes. Entonces empezó un verdadero descenso a los infiernos. Todo traqueteaba, retumbaba, rechinaba y gemía a su alrededor. Las cajas se escurrían y botaban, los libros daban volteretas y los manojos de andrajos rodaban. Cada vez que el conductos frenaba en un cruce, toda la carga se confundía en un extraño revoltijo, y Yago con ella. ¡El pobre chico creía que había llegado su última hora!

MUCHACHO HECHO PAPILLA POR LIBROS, dirán mañana los titulares de los periódicos, pensaba. O: MISTERIO EN TORNO AL CHICO ATROZMENTE APLASTADO. Veía a su querida mamaíta, llorando amargamente, inclinada sobre los titulares de la prensa. También veía llorar a su padre mientras se lamentaba: «¡Ay!, ojalá me hubiera ocupado más de él.» Se preguntaba si Tete también lloraría. Y si tras su muerte el misterio del tesoro Knitzdeibl seguiría siéndolo para siempre.

Al cabo de un cuarto de hora, que le pareció una eternidad, el destartalado vehículo se detuvo. Yago no podía ver nada por los agujeros de las lonas laterales. Estaba acurrucado en la plataforma, con la espalda apretada contra la cabina del conductor. Sobre sus piernas se amontonaban cerca de cien kilos de libros. Yago sólo podía mover sus brazos. Pero exceptuando un par de cardenales, parecía estar todavía sano y salvo. Respiró profundamente y prometió hacer una buena acción. Si no aparecía en los titulares de los periódicos del día siguiente. Sin embargo, le dio tiempo a pensar qué buena acción sería esa, porque volvió a oír de nuevo las voces de los dos hombres.

—Venga, vamos a descargar —dijo uno.

—¿Qué hora es? —preguntó el otro.

—La una en punto —contestó el primero.

—Es tardísimo —comentó el otro.

—¡Pues empecemos de una vez! —dijo el primero.

—Ponte tú a descargar. Entretanto yo iré haciendo sitio ahí detrás para todos esos trastos —dijo el otro.

Alrededor de Yago aumentó la claridad, debido a que el hombre que quería descargar había retirado la lona de la parte trasera. Pero Yago no lograba verlo. La montaña de libros sobre sus piernas le tapaba la vista. Yago no estaba seguro de si él le veía. «Quizá divise mis calcetines de rizo», pensó. Porque sus pies no estaban oprimidos por los libros.

Pero al hombre que había retirado la lona no le interesaban detalles como unos pies enfundados en calcetines.

—¡Me va a dar un ataque! ¡Cuanta porquería! —se quejó a voces.

Y después le comunicó al que estaba haciendo sitio para los «trastos» que la carga estaba completamente revuelta, que les costaría horas descargarlo todo, y que de eso se encargaría el cretino que cargó los trastos de una manera tan estúpida, sin «asegurarlos». Luego la lona volvió a caer de golpe sobre la parte trasera. Yago oyó sus pasos alejándose de la camioneta hasta que de nuevo se hizo el silencio.

Con todo cuidado empezó a retirar las montañas de libros de sus piernas. Al mismo tiempo acechaba en tensión. Ya no oía voces. Sólo algunos chasquidos que también cesaron pronto. Reinaba un silencio sepulcral. Yago siguió liberando sus piernas a toda prisa. A pesar de su diligencia, no olvidó sacudir bien cada libro. Pero de toda la literatura que había en la casa de la Knitzdeibl sólo sacó grasientos burujos de polvo y dos violetas secas.

Cuando hubo liberado su pierna izquierda, volvió a oír pasos. Primero débiles, luego cada vez más fuertes.

—Ahora iré a ver a la señora Zwoch con el presupuesto —oyó decir a un hombre.

Y el otro precisó:

—¡Pero vuelve a las cinco!

—Depende de lo locuaz que esté hoy esa buena mujer. A veces no hay quien la pare —comentó la primera voz.

Yago había liberado ya su pierna derecha. Sin prestar atención al terrible hormigueo que sentía en ambas piernas, se incorporó y se agachó para mirar por un agujero de la lona lateral. A unos dos metros de su atalaya divisó a dos hombres jóvenes. Llevaban un mono y gorros de lana en la cabeza. Gruesas manoplas cubrían sus manos y éstas aferraban sendos manillares de bicicleta.

Al verlos montados en los sillines, Yago soltó un suspiro de alivio. ¡No hubiera sido capaz de resistir otro de esos viajes infernales en furgoneta!

Los dos hombres con sus bicicletas salieron del campo visual de Yago. Éste se movió con agilidad hasta la parte trasera y levantó un poquito el extremo de la lona. Vio un muro alto de ladrillo y una enorme puerta abierta. Al otro lado de ella divisó una acera, y más allá una calle. A continuación, uno de los hombres cerró la puerta corredera de hierro, y Yago ya sólo vio mucha chapa de hierro flanqueada por una franja de muro de ladrillo.

Yago retiró la lona, saltó al suelo, sintió el cemento helado bajo los pies y cayó en la cuenta de que, por si no había padecido ya bastantes infortunios, encima estaba descalzo.

Maldiciendo furiosamente tomó nota de esta desgracia adicional y miró a su alrededor. Se encontraba en un patio. Por un lado el muro de ladrillo limitaba con la puerta de hierro. A los otros tres lados había edificios de planta baja, bastante viejos y abandonados, con ventanas cubiertas de mugre y puertas desvencijadas.

Cruzó el patio y probó suerte con las puertas. Todas estaban cerradas. Sin embargo, una ventana junto a la última puerta se hallaba entreabierta. La abrió y, trepando, entró en la casa. Se encontró en una especie de oficina pequeña, con una mesa, una silla, un armario de puertas corredizas y un banco. También había una estufa eléctrica. Yago la encendió, se acurrucó en el suelo y sostuvo sus pies enfundados en los calcetines de rizo ante el cálido chorro de aire caliente. «¿Y ahora, qué hago?», se preguntó. «Buscar un par de zapatos», se dijo.

Se incorporó y inició la búsqueda, primero en el cuarto situado a espaldas de la pequeña oficina. Allí había todo tipo de cortinas, mantas y colchones, ¡pero ni un solo zapato!

Una puerta del depósito de mantas, cortinas y colchones desembocaba en un estrecho corredor que conducía a una habitación oscura, donde se apilaban mesas y sillas. ¡Tampoco esta vez tuvo suerte con los dichosos zapatos!

Yago regresó a la oficina, junto a la estufa. Se sentía desconsolado. Como un ratón en la ratonera. Había visto una escalera tirada en el patio. Con ella podría subir a lo alto del muro de ladrillos. Pero ¿cómo bajar luego al otro lado? El muro tenía sus buenos tres metros de altura. ¿Un salto de tres metros? Yago no se atrevía. Y aunque se hubiera atrevido a saltar, ¿qué demonios iba a hacer sin zapatos? ¿Emprender la caminata a casa con calcetines de rizo? ¿Quizá a kilómetros de distancia?

«Ante todo, no te dejes llevar por el pánico», se dijo intentando darse ánimos. «Ante todo, no pierdas la cabeza; primero tienes que averiguar dónde te encuentras.»

Inspeccionó la mesa con la esperanza de hallar una tarjeta comercial del servicio relámpago, o al menos una carta dirigida a esa cochambrosa dirección. Encontró montones de tarjetas. Todas con las señas de la tienda que había visitado aquella mañana. También encontró la dirección de los Zwoch y la del café Kirpsmeier. Y dos paquetes de galletas viejas. Se las zampó en un santiamén y después se sintió tan fortalecido, incluso psíquicamente, que decidió saltar el muro de ladrillo y luego parar un coche y pedir que le llevasen hasta una cabina telefónica desde donde podría llamar a Tete, a Pups o al niñero para pedirles ayuda.

Yago pensaba emprender el asalto al muro con cortinas atadas entre sí. Había visto que en las películas solían utilizar esa táctica.

Sacó del cuarto trasero tres cortinas de considerable longitud e intentó anudarlas unas a otras. Pero las malditas eran demasiado anchas y le salieron unos nudos del tamaño de balones de cuero. Y encima para hacer el nudo necesitaba la mitad del largo de las cortinas. Pensó: «Tendría que romper estos chismes en tiras de cincuenta centímetros de ancho.» Pero semejante atentado contra la propiedad ajena era una grave decisión, y antes de que Yago la hubiera tomado se oyó un tableteo en el patio, como si la gran puerta de hierro se abriera chirriando. Acto seguido gritó una voz de mujer:

—¿Quién ha sido el imbécil que ha dejado esa ventana abierta de par en par?

Y al momento aparecieron dos jóvenes delante de la ventana, mirando boquiabiertas a Yago rodeado por un montón de cortinas. Una de ellas era la mujer con la que había estado hablando en la oficina del servicio relámpago.

—¡Caramba, tú y yo nos conocemos! —gritó desde la ventana—. Tú eres el gracioso que anda buscando su libro de estampas favorito.

Yago se devanaba los sesos intentando inventar una mentira aprovechable para explicar su presencia.

La otra joven dijo:

—Por un libro de estampas ni siquiera un gracioso entraría por la fuerza en ningún sitio. ¿Qué quiere en realidad?

Yago renunció a la idea de mentir.

—Permítanme explicárselo, por favor —dijo—. No soy un ladrón. En serio.

Las dos mujeres se apartaron de la ventana, abrieron la puerta y entraron en la oficina. Se sentaron en el banco y dijeron a dúo:

—Bueno, gracioso, explícate de una vez.

Yago se explicó. Lo contó todo. De principio a fin. Las dos jóvenes le escuchaban con atención, y, después de reconocer que le habían pillado anudando una cuerda para huir, le preguntaron:

—¿Y qué? ¿Encontraste algo?

No parecían muy enfadadas por la confesión de Yago.

—Por desgracia, no —contestó Yago—. ¡Ha sido una idea estúpida!

Sin embargo, las dos mujeres le aseguraron que su idea de los libros no era descabellada. No era la primera vez que encontraban dinero en los libros viejos, le confesaron. En un par de ocasiones, incluso cartillas de ahorro. Yago podía seguir revolviendo tranquilamente entre los libros de la Knitzdeibl. Podía ir todas las tardes después de clase y poner manos a la obra.

—Tratándose de una anciana desconfiada todo es posible —dijo una de las jóvenes.

—Nosotras hemos encontrado cosas de lo más extrañas —comentó la otra.

Y después llevaron a Yago a casa, a pesar de que en realidad habían ido allí para hacer trabajo de oficina. También le regalaron un par de botas de goma gigantescas para que no se hiciera jirones los calcetines al caminar hasta el coche, que estaba aparcado un par de manzanas más allá.

Mientras permanecía sentado en el coche detrás de las dos mujeres, Yago, en su fuero interno, les confirió el título honorífico de «excelentes personas».

Las dos «excelentes personas», antes de salir del coche, le entregaron una tarjeta comercial con el número de teléfono de la empresa.

—Si nos llamas siempre a primera hora —le informaron— podremos decirte cuándo va a ir alguno de nosotros al almacén, y acompañarnos. Si te ayudan las hijas de los Zwoch pronto revisaréis el cargamento.

—¡Sois súper, de verdad! —murmuró Yago.

Y completamente conmovido por la amabilidad tributada a un posible ladrón, despidió con la mano al coche que se alejaba hasta que lo perdió de vista en el intenso tráfico de la calle.

Sobre la puerta de los Pamperl había pegada una nota, escrita por Tete. «PASA INMEDIATAMENTE A VERNOS».

Yago retiró la nota de la puerta y llamó al timbre de los Zwoch. El niñero le abrió.

—¿Ocurre algo? —preguntó Yago señalando la nota.

—Una hecatombre —suspiró el niñero. Después observó, meneando la cabeza, las gigantescas botas de goma que se estaba descalzando Yago.

—¿Es que organizas hoy un desfile de modelos de zapatos extravagantes? —quiso saber el niñero.

Yago se sentó en el suelo y se quitó los calcetines de rizo completamente manchados. Los «amortiguadores» que le cubrían los talones llenos de ampollas también estaban bastante estropeados. Algunas tiras de esparadrapo se habían despegado de la piel, y el algodón, la gomaespuma y las vendas se habían enredado. Levantó las piernas y le enseñó los talones al niñero.

—Quítame esto, por favor, pero con cuidado —rogó—. Me parece que se me ha pegado a las ampollas abiertas.

El niñero cogió la pierna izquierda de Yago entre las manos y empezó a dar tironcitos.

—¡Ay, ay... ayayay! —gritó Yago retirando la pierna.

—¡Esto hay que quitarlo! —gritó el niñero, y volvió a aferrar la pierna y a dar tirones—. Hay que lavarlo con yodo.

—¡No! —chilló Yago.

El yodo le daba pánico. Pero el niñero, haciendo caso omiso de su protesta, siguió tirando hasta retirar el parachoques y dejar sólo unas briznas de algodón pegadas a las ampollas. Después arrastró a Yago por su pierna izquierda en dirección al cuarto de baño. Yago volvió a chillar «no-no-no» e intentó defenderse de esa forma de transporte. Pero el suelo del pasillo de los Zwoch estaba encerado como un espejo, así que no pudo sujetarse en ningún sitio. Avanzó dando gritos y indefenso hacia el baño. A medio camino dejó de chillar, porque Tete y Pups salían del cuarto de estar y al fin y al cabo no tenían por qué enterarse de que un indio, que no conoce el dolor, retrocede ante la tortura del yodo.

—¡Suéltame! —le ordenó Yago—. ¡Me lo haré yo solo! ¡No soy ningún bebé!

—Pues te estás comportando como si lo fueras —replicó el niñero. Metió a Yago en el cuarto de baño y se inclinó sobre el talón derecho.

—Yodo, por favor —les pidió a Pups y a Tete.

Pups sacó la botella de yodo del armario de

espejo. Tete cogió dos guantes de baño. Pups vertió sobre cada uno de ellos una generosa cantidad. Tete apretó los guantes empapados en los talones de Yago. Yago clavó la mirada en el techo y se entrenó en la autohipnosis.

—No duele nada... nada de nada... sólo escuece un poquito... sólo... menos que nada... —se decía a sí mismo en voz baja.

—Déjalo actuar unos minutos —dijo el niñero saliendo del cuarto de baño.

—¿Te duele mucho? —preguntó Tete compasiva.

Yago negó con la cabeza. El ardiente dolor del yodo realmente había disminuido. Bien por la autohipnosis o porque el escozor del yodo dura poco.

El caso es que volvía a sentirse de maravilla. Sobre todo porque sus talones yodados descansaban en el regazo de Tete y ésta le acariciaba con ternura los dedos de los pies. Un tratamiento de preferencia como aquel era una rareza que Yago quería disfrutar el mayor tiempo posible. Se apoyó en la bañera y cerró los ojos.

—¡La de cosas que me han pasado hoy! —dijo—. ¡Una verdadera locura!

Se disponía a informar sobre la locura cuando Pups exclamó:

—¡Pues no te figuras a nosotras! En la vida ha habido una maldad tan enorme en una familia. Si de mí dependiera, esa cerda debería ser entregada en adopción.

Y después Tete y Pups, interrumpiéndose y completándose entre sí, le contaron la maldad tan terrible. Era la siguiente:

A mediodía, después de comer, Pups se dispuso a hacer los deberes. Lengua. Una redacción sobre el tema *Mi animal favorito.* Pero en el cuaderno de deberes de Pups ya sólo quedaba una página libre. Y para su animal favorito Pups necesitaba por lo menos tres. Así que decidió ir a la papelería a comprar un cuaderno nuevo. Pero su monedero estaba sin una perra. Tete tampoco podía ayudarla. Y Pups no quería darle un sablazo al niñero, porque habría vuelto a echarle en cara las deudas que aún tenía con él. En eso el hombre era muy tiquismiquis. Ir a mendigar a Wuzi, con lo agarrada que era, resultaba absurdo. Entonces Pups recordó los dos billetes de cien de la Knitzdiebl que estaban guardados en la lata de galletas roja y decidió coger prestado el dinero de allí. Al sacar el billete de la lata, vio la cifra escrita en rojo con la «m» al lado. Los ojos se le abrieron como platos. De puro asombro.

La otra vez, en la cocina de los Pamperl, Pups no se había fijado en la cifra y la letra. Sólo se había dado cuenta Yago. Y éste no consideró necesario mencionar que había algo escrito en el billete. ¡Pero debería haberlo hecho! Porque Pups conocía aquellos garabatos rojos. ¡Los había escrito ella misma! En una clase de matemáticas, durante un examen, hacía un mes. Ella guardaba el billete en su estuche de lápices. Como reserva para gastos imprevistos. Durante el examen, Fugi le había dado un empujoncito y le había preguntado en un susurro:

—¿Qué resultado te da el cuarto problema?

Pups no se había atrevido a contestarle, porque acababa de oír gritar a la profesora de matemáticas.

—¡Silencio ahí atrás!

Y como Pups no tenía a mano ningún papelito para anotar el resultado del cuarto problema de artimética, sacó el billete de cien del estuche y garabateó en él «67743 m»: eran los metros de valla que, según el cálculo equivocado de Pups, necesitaba un tal señor Meier para cercar su finca heptagonal.

Pups le pasó a Fufi el billete, y a continuación

ésta última se lo devolvió sacudiendo la cabeza de un lado a otro.

Una semana más tarde, tras recibir Pups la nueva asignación para sus gastos, guardó en su hucha el billete de cien con la cifra de la longitud de la valla. ¡Lo recordaba perfectamente! ¡No había error posible! Eso significaba que Wuzi no había cogido el billete de cien de un libro de la Knitzdeibl, sino de la hucha de Pups. Confrontada con esta afirmación, Wuzi negó primero. ¡Con demasiada tozudez! Con tanta que Pups y Tete pensaban que decía la verdad y que todo había sido una equivocación. Pero entonces intervino el niñero.

—De acuerdo, tenéis razón —anunció—. Es inútil negarlo, Wuzi.

A continuación explicó que Wuzi había sacado los dos billetes de las huchas de sus hermanas con una horquilla. Mientras estaban visitando la casa de la Knitzdeibl, se lo confesó a su madre en la cocina. Y ésta les informó después a su marido y a él. Y acordaron no decirles una palabra del asunto a Pups y a Tete. ¡Para mantener la paz doméstica! Y para evitar poner en ridículo a los pecadores arrepentidos. Inmediatamente después, esa misma noche, la madre introdujo un billete de cien en las huchas de Pups y Tete para reparar el daño. De modo que Pups y Tete no tenían por qué alterarse tanto.

Como es natural, Pups y Tete siguieron alterándose. No al saber que el dinero no procedía de los libros de Knitzdeibl, pues de todos modos habían dejado de creer ya en el «tesoro de los libros», sino porque estaban convencidas de que no había sido la única vez que su hermana entraba a saco en sus huchas.

—Seguro que lleva haciéndolo una eternidad —dijo Pups.

—Claro, con razón me asombraba yo siempre

de que después de un año de ahorrar hubiera tan poco dinero dentro —comentó Tete.

—Esa urraca ladrona me debe por lo menos dos mil chelines —gruñó Pups.

—¡Y a mí otro tanto! ¡Y esa cantidad tendrá que restituirla mamá! —exclamó Tete.

—Y si se niega venderemos todos los bienes de Wuzi —dijo Pups.

—Incluyendo su cama —sentenció Tete.

Después de oír ese informe, Yago retiró sus pies del regazo de Tete. Ya no le importaba nada el tratamiento de preferencia. Cuando la esperanza se ha hecho añicos, de nada sirven las caricias. Yago estaba profundamente avergonzado. Había construido una hipótesis genial sobre la mentira de una sabandija taimada y ladrona! ¡Aquella insignificante chinche le había puesto en ridículo! ¡A él, que era un guerrero!

—¿Y cómo es que tienes las pezuñas llenas de ampollas, vecino? —preguntó Tete.

—Porque esas birrias de zapatos nuevos me están pequeños —contestó.

Ya no tenía ninguna gana de contar lo que le había pasado. ¿Además, para qué? Como dice el cuento, no conviene hacer castillos en el aire con la leche antes de venderla, y menos cuando se derrama.

Yago dejó que Tete y Pups le pusieran esparadrapo nuevo en los talones, esta vez tiritas normales, y se despidió con el pretexto de que tenía que estudiar.

Después se sentó en su cuarto con un humor bastante sombrío, hojeó tebeos viejísimos del Pato Donald y oyó gritos procedentes de la casa de al lado. Y golpes. Atribuyó los ruidos a que Tete y Pups estaban desmontando la cama de Wuzi para venderla a un chamarilero. Y Wuzi protestaba a voz en cuello. Al anochecer, el estruendo se hizo todavía más fuerte. Y las voces y los chillidos retumbaban con tanta fuerza que Yago se trasladó al cuarto de estar. Era la habitación más alejada de la casa de los Zwoch. A pesar de todo, los gritos de Pups se escuchaban incluso allí.

—¡Yo la mato!

Y Tete rugía:

—¡A ella siempre se le perdona todo!

¡No quiero oír ni una palabra más! —replicaba la señora Zwoch.

—¡Yo me despido! ¡Yo me despido! —vociferaba cada cierto tiempo el niñero.

En la casa vecina sólo se hizo el silencio cuando estallaron las voces en el descansillo, ante las puertas de entrada de los pisos. Allí se habían congregado algunos vecinos, que gritaban muy enfadados:

—¡Como no dejen de alborotar ahora mismo, llamamos a la policía!

CAPÍTULO 7

en el que Yago hace nuevos amigos,
lo que además de acarrearle los celos de Pups,
le proporciona un excelente salario por hora
y la resurrección de su olfato detectivesco.

Yago ya no volvió a mencionar, ni siquiera de pasada, la idea del dinero escondido en los libros. Las grandes decepciones, opinaba, hay que rumiarlas a solas. Pero cuando estaba en casa de los Zwoch y oía a la madre hablar con el niñero o con su marido de créditos y cuentas de ahorro-vivienda y préstamos de la abuela Kripsmeier y calcular y decir suspirando que, se mirase por donde se mirase, no alcanzaba, no podía evitar pensar: «A lo mejor todavía está escondido en alguna parte el maldito dinero. Quizá aún se pueda encontrar.»

Este pensamiento secreto le asaltaba con especial fuerza cuando Pups y Tete comentaban entristecidas que el maravilloso jardín trasero no formaba parte de la herencia y que Ottokar Schnorr no lo alquilaría. El señor Zwoch había discutido dos veces el asunto con aquel tipo, pero éste no se apeaba del burro. Quería venderlo. Y pedía una fortuna. ¡Una suma disparatada! Y claro, los Zwoch no podían reunirla.

—Tener el paraíso delante de los ojos y no poder entrar en él... —se lamentaba Pups sin cesar.

Y Tete refunfuñaba:

—Y sin embargo el señor Perz, el de la casa de enfrente, dijo que ese idiota no utiliza para nada el jardín.

Pero Winterstein, el niñero, opinaba que con el tiempo Ottokar Schnorr cedería y entraría en razón.

—¿A quién le apetece comprar un terreno en el que no se puede edificar y al que ni siquiera se puede acceder desde la calle?

De estas palabras de consuelo a Tete y a Pups les molestaba lo de «con el tiempo». Un tipo tan cabezota como Ottokar Schnorr podía necesitar años para ceder y entrar en razón.

—Cuando tenga veinte años maldita la falta que me hará el jardín —se lamentaba Pups.

—Y a lo mejor el calvo ese va y se muere pronto —se quejaba Tete— y deja en herencia el jardín a cualquier otro que pretenda utilizarlo.

Wuzi era la única que veía el asunto con optimismo.

—Me importa un bledo el imbécil de Schnorr —decía—. El señor Perz le ha contado a mamá que ese tonto es representante. Vende aceite lubrificante. Se pasa días enteros viajando. Cuando esté fuera, entraré sin más en el jardín. ¡No se va a dar cuenta!

El último día de noviembre, por la tarde, Yago estaba en la cocina de su casa, con las manos llenas de una pasta pringosa de color marrón, maldiciendo entre dientes. La mesa de la cocina aparecía llena de esa misma pasta. Numerosos pegotes salpicaban el suelo de la cocina alrededor de la mesa. La pasta oscura y pegajosa era masa de pan de especias. A Yago se le había ocurrido hacer varias figuras de Santa Claus con pan de especias para Tete y Pups. Pero algo había salido mal. Había gastado el doble de harina de lo que decía la receta y aquella pasta no tenía visos de transformarse en una masa maleable. ¡Al contrario! Cada vez se volvía más viscosa y líquida, y Yago tenía la sospecha de que había inventado un pegamento biológico de excelente calidad.

—¡Renuncio! —exclamó.

Cogió un cuchillo, rascó con él la pasta de las manos y del suelo, se limpió las manos, restregó el suelo con un trapo húmedo y se dirigió a la casa de al lado para pedir ayuda y consejo al niñero Winterstein.

Pero éste no era un experto en la masa de pan de especias. Además, en ese preciso momento estaba pasando la aspiradora. Sólo podía hacer ese trabajo cuando Tete no estaba en casa. Por la alergia al polvo. Ya se sabe que al pasar la aspiradora se levantan minúsculas partículas de polvo.

—Por lo menos, échale un vistazo a esa mierda marrón —le pidió Yago—. A lo mejor la arreglas.

Había gastado sus últimos caudales en comprar los ingredientes de la masa y le costaba aceptar que todo su dinero tuviera que acabar sin más en el cubo de la basura.

—Dentro de una hora vuelven Tete y Pups de natación —dijo el niñero—. Para entonces tengo que haber pasado la aspiradora. Luego he de ir a recoger a Wuzi de una de esas estúpidas fiestas infantiles. Y encima tengo que ir a la otra casa. Lotte ha llamado para comunicarme que les diga no sé qué a los del servicio relámpago. No sé ni dónde tengo la cabeza. ¡No me vengas ahora encima con problemas de masas!

—Si me la arreglas iré a buscar a Wuzi y me pasaré por la otra casa —se ofreció Yago.

El intercambio de actividades le gustó al niñero.

—De acuerdo —dijo—. Pero no te garantizo nada. No soy experto en pan de especias.

A continuación le explicó dónde tenía que recoger a Wuzi y le encargó que le diera las gracias a la señora de la casa por haberla invitado.

—¿Y qué tengo que hacer en la otra casa? —preguntó Yago.

—Encontrarás a uno del servicio relámpago que está enfoscando una pared —explicó el niñero—. Dile que hoy llevarán maderas, que se haga cargo de ellas. Que no se vaya antes de que llegue la carga, ¿entendido?

Yago asintió, y para no perder tiempo se puso las zapatillas de tenis de la señora Zwoch y el anorak de Tete, le entregó al niñero las llaves de su casa y salió a toda prisa. Marchó calle abajo hasta llegar al número cuatro y subió al segundo piso, donde se celebraba la fiesta infantil. Pero ésta aún no había terminado ni con mucho. Todavía andaban por las carreras de sacos. Wuzi se negó a irse con él. Yago intentó llevársela.

—¿Cómo vas a hacerle eso a la querida Wuzi? —dijo la madre de la niña que daba la fiesta—. Por favor, vuelve dentro de dos horas.

Yago se largó a toda velocidad a la casa Knitzdeibl.

¡El chamizo se había convertido en una verdadera ruina! Faltaban las ventanas con sus marcos. El gran portón de entrada estaba descolgado y apoyado en la puerta del garaje. Habían desmontado medio tejado. Grandes jirones de plástico negro ondeaban sobre las vigas. En el jardín delantero se amontonaban escombros, tejas rotas y vigas de madera.

Yago entró en la cochera, pasó a la vivienda y vio a las dos «excelentes personas» subidas en sendas escaleras de tijera en la habitación grande, rascando el techo con espátulas.

—Hola —saludó Yago.

El reencuentro le resultó un poco violento. «Ojalá no me pregunten por qué no he llamado ni me he presentado a buscar el dinero», pensaba.

Las dos mujeres dejaron de rascar.

—Hola, Yago —dijo una.

—Me alegro de volver a verte —dijo la otra.

Él les dio el recado sobre la carga de madera. Ellas bajaron de las escaleras.

—Irma, voy a hacer una pausa a ver si así entro en calor —dijo una.

—Es la mejor idea que has tenido en todo el día, Ágata —replicó la otra—. Por cierto, no me vendría nada mal tomar un bocado. Me hace ruidos la tripa.

Las dos se dirigieron a la antigua cocina de la Knitzdeibl, y la llamada Irma hizo a Yago un gesto con la mano, que él interpretó como una invitación a seguirlas.

El hueco de la enorme ventana de la cocina estaba tapado con un plástico. En lugar de puerta, colgaba una manta. No había más que una estufa de petróleo encendida y un viejo saco de marinero al lado.

Irma y Ágata se sentaron frente a la estufa y Yago se acomodó entre ellas. La primera extrajo del saco de marinero un grueso paquete de bocadillos.

—¿Queso o salchicha? —le preguntó a Yago.

—Me gusta todo —contestó Yago.

Irma le dio dos, uno de queso y otro de salchichas.

—¡De ninguna manera! ¿Cómo voy a dejaros sin vuestra comida? —comentó Yago discretamente, a pesar de que se moría de ganas de zamparse unos bocadillos tan sustanciosos.

—No te preocupes por eso —replicó Ágatha—. Michel y Ludwig siempre nos atiborran la bolsa de provisiones, a pesar de que estamos hartas de decirles que queremos adelgazar. Para que no nos debilitemos, dicen ellos, pero nosotras creemos que es para seguir diciendo que somos unas comilonas.

Yago, además de engullir los dos bocadillos, se zampó un tercero. Y un cuarto. Y tres vasitos de té y dos de naranjada. Y cuatro bombones y siete pastillas de chocolate con avellanas. ¡Fue una comilona en toda regla! Se sentía en la gloria. No sólo por la abundante pitanza, sino sobre todo porque Irma y Ágata no le trataban como a un niño pequeño, mirándole por encima del hombro. «Eso», opinaba Yago, «es una verdadera rareza en los mayores».

Le apetecía disfrutar más a menudo de esa rareza. Por ello, cuando Irma comentó que la empresa ALMI estaba desbordada por el trabajo, se ofreció como ayudante. ¡Gratis, por supuesto! ¡Completamente gratis!

—Me encantaría, de veras —afirmó—. Me encantaría dedicarme a eso. Y torpe no soy. Rascar paredes, por ejemplo, lo haré muy bien.

Irma y Ágata opinaron que no les vendría nada mal un ayudante eficaz. Pero sólo unas horas por semana, porque estaba prohibido que los niños trabajasen. ¡Y encima gratis! ¡Era para morirse! Si Yago quería trabajar para ALMI, lógicamente le pagarían. Recibiría un salario por hora trabajada acorde con su rendimiento. Yago selló su relación laboral con un doble apretón de manos. Y en seguida recibió un encargo. Ir a una cabina telefónica. Tenía que llamar a Ludwig y a Michel a la oficina de la empresa y decirles que Irma y Ágata llegarían un poco más tarde de lo previsto.

Yago no tenía ni idea de dónde podía haber una cabina por los alrededores. Al salir de la casa vio venir calle arriba al señor Perz con una bolsa de la compra y corrió hacia él.

—Perdone, ¿dónde puedo encontrar un teléfono por aquí? —le preguntó.

—En mi casa, naturalmente —respondió el señor Perz—. Me alegro de verte. Tengo que darte algo.

Yago le acompañó a su casa. El señor Perz vivía muy confortablemente. Con mucha alfombra y pañitos con puntillas. Y con cuatro gatos. A Yago le hubiera apetecido jugar un poco con los animalitos, pero se lo prohibió a sí mismo. ¡A fin de cuentas estaba de servicio! Durante el trabajo no se juega. Fue derecho al teléfono y marcó el número de ALMI. Al otro extremo de la línea contestó Ludwig, Yago le transmitió el recado.

—Oye, ¿con quién hablo? —preguntó Ludwig.

—Soy Yago Pamperl, vuestro nuevo ayudante —respondió mientras sentía que se le aceleraban los latidos del corazón. Tal vez Ludwig tuviera algo que oponer a lo del ayudante.

Pero éste se limitó a decir:

—Bueno, entonces hasta luego, querido ayudante.

Yago quiso entregarle al señor Perz la moneda de cinco chelines que le había dado Irma para telefonear. Pero el señor Perz se negó a aceptar el dinero.

—Sería ridículo entre vecinos —dijo.

Luego arrastró hasta allí dos enormes bolsas repletas de libros.

—Me los prestó la Knitzdeibl en los últimos meses —explicó—. Es que a mí me encanta leer. Aquí los tienes de vuelta. Y muchísimas gracias. No quiero que nadie diga que me enriquezco por medios ilícitos.

A Yago le hubiera gustado contestarle que se quedara con ellos. Como recuerdo de la señora Knitzdeibl. Pero consideró que no tenía derecho a ello. Así que le dio las gracias por dejarle llamar gratis, cogió las dos bolsas y las arrastró fuera de la casa. ¡Menudo lo que pesaban! Caminó tambaleándose por el peso hasta la casa Knitzdeibl. Irma y Ágata estaban de nuevo subidas a las escaleras rasca que te rasca.

—Misión cumplida —gritó—. Y ahora, ¿qué hago?

—Puedes sacar los clavos del armazón de los sillones —respondió Irma.

Yago cogió unas tenazas y una palanqueta de la caja de herramientas de ALMI y probó suerte. La tarea no era nada fácil. Comenzó a sudar. Pero no se detuvo ni un momento para descansar. Le quitó los clavos oxidados a seis enormes sillones. Trabajaba como una fiera.

—Déjalo, Yago. No sé ve ni gota —dijo Irma.

Entonces Yago se dio cuenta de que había oscurecido y de que tenía ampollas en las manos. Pero no se lo tomó a mal. «¡Bah! Me salgan donde me salgan, sea en los talones o en las manos, ¿qué más da? Soy un tipo empolludo.

—Has trabajado tres horas —dijo Agata—. ¿Qué te parecen ciento cincuenta chelines?

Le dio un billete de cien y otro de cincuenta. Yago asintió feliz. ¡Esa cantidad equivalía a su paga mensual!

—¿De dónde han salido esos libros? —preguntó Irma.

Yago se lo explicó.

—¿Hay algo de valor? —preguntó Ágata—. ¿Primeras ediciones o algo parecido?

Irma extrajo un par de libros de una de las bolsas y se dirigió con ellos hacia el hueco de una ventana. Allí había algo más de claridad. Miró un libro tras otro.

—Nada especial —murmuraba, pero al llegar al último dio un respingo—. Éste podría valer una bonita suma —le gritó a Ágata—. Publicado en 1837, Jean Paul. *El jardín florido.* —contempló pasmada el libro abierto levantándolo para verlo mejor y dijo—: ¡Aquí lo tenemos otra vez!

—¿Qué es lo que tenemos otra vez? —preguntó Yago.

Irma le señaló la primera página, el título. Allí se leía: *Jean Paul - El Jardín florido.* Y alrededor de la de Jean había pintado un círculo, con el borde interior de color azul y el exterior rojo. Sobre el círculo de dos colores había tres signos de admiración. Dos rojos y en medio uno azul.

—Ya he visto un par de veces un círculo parecido en los libros que estuve seleccionando en el almacén —dijo Irma.

—¡Exacto! —exclamó Agata—. Uno en *Verano tardío,* de Stifter. ¡Sobre la S! Y otro, en *El hombre sin atributos,* de Musil. ¡Alrededor de la M!

—Y un tercero sobre una obra de Heinrich Heine —la interrumpió Irma—. Creo que en las *Sátiras.* Alrededor de una *i.*

Yago se sentía como si estuviera a punto de ocurrírsele una idea brillante, muy brillante. «Musil Stifter - Heine - El jardín florido...», pensaba. «Hay algo... Eso ya lo he leído... Se me ocurirá en seguida... Necesito concentrarme.»

Pero unos bocinazos ruidosos le sacaron de su ensimismamiento. Había llegado la carga de madera. Yago quería ayudar a descargar, pero los dos hombres que habían traído la mercancía se rieron de él.

—¡Te romperás algún hueso, alfeñique!

Irma y Ágata también opinaron que ya era hora de que su ayudante se marchara a casa.

—¿Puedo volver mañana? —preguntó Yago.

—Contamos contigo —dijo Irma.

—Eres el mejor sacaclavos de los alrededores —dijo Ágata.

Cuando estaba a una manzana de su casa, cayó en la cuenta de que tenía que haber ido a buscar a Wuzi. Miró el reloj. Eran las siete y cuarto. Y estaba oscuro como boca de lobo. Seguro que la fiesta infantil había terminado hacía rato.

Yago decidió que ya no tenía sentido recogerla. Prosiguió su camino con una sensación muy rara en el estómago. Contaba con una formidable ración de reproches de Xandi. «Pero al fin y al cabo», se dijo a sí mismo, «todo el mundo puede olvidar algo alguna vez. Sobre todo cuando acabas de encontrar un trabajo fenomenal. ¡No es algo que le pase a uno todos los días!»

Sin embargo, erró mucho en sus cálculos. La formidable ración de reproches no se la hizo Xandi, sino su madre. Xandi incluso le pidió perdón, ya que no se había ocupado de su masa de pan de especias. Es que había llegado Elisabeth, su novia, y se habían peleado. ¡Porque apenas tenía tiempo para ella!

—No volverás a verme nunca más. Adiós para siempre —le dijo al marcharse.

Es verdad que decía las mismas palabras dos veces al mes cuando llegaba el momento de despedirse, pero Xandi se quedó tan consternado que cayó en una tristeza pasajera y no pudo pensar en minucias tales como la masa del pan de especias.

—Perdona —le dijo el niñero a Yago—. A fin de cuentas todo el mundo puede olvidarse de algo. Sobre todo después de una horrible pelea. ¡No es cosa que te pase todos los días!

Ignoraba que Yago se había olvidado de recoger a Wuzi. Mientras discutía con Elisabeth, Wuzi había llegado a casa. Había encontrado el camino por sí misma, según le explicó llena de orgullo al niñero. Pero éste, como no paraba de darle vueltas a su pelea con Elisabeth, no le prestó atención.

Yago no vio motivo alguno para aclarar el error.

—¡No importa! Compraré dos Santa Claus de chocolate —le dijo condescendiente al niñero—. Saben mejor que los de masa —le mostró muy orgulloso los dos billetes—. Es que ahora soy ayudante.

No tuvo tiempo de extenderse en más explicaciones sobre su nueva actividad, porque su madre irrumpió en la casa de los Zwoch echando chispas.

—¿Está Yago? —preguntó a voces—. ¿Dónde anda ese niño?

Yago salió desconcertado del cuarto de estar. Nunca había visto a su madre tan enfurecida y vociferante.

—¿Qué pasa? —preguntó.

—¡Y encima, pregunta que qué pasa! —gritó iracunda la señora Pamperl—. Vuelvo a casa muerta de cansancio, y ¿qué me encuentro? La cocina hecha una pocilga y la mesa cubierta de engrudo. Llevo una hora rasca que te rasca. ¿Quieres decirme qué demonios es esa cosa tan repugnante?

A continuación siguió diciendo a gritos que era inaudito, primero, que Yago llegase tan tarde a casa; segundo, que ella no supiera dónde había estado, y tercero, que fuera antes a ver a los vecinos que a su madre.

—¡Lo que es por mí —gritó—, si prefieres vivir aquí puedes traerte la cama ahora mismo! ¡Pídeles que te adopten cuanto antes!

Yago cogió de la mano a su vociferante madre y la sacó de casa de los Zwoch.

—No te alteres tanto —trataba de animarla—. Sólo son trocitos de masa de pan de especias, no es el fin del mundo.

La señora Pamperl se había tranquilizado un poco. Dejó de gritar y comenzó a hablar de nuevo con un tono normal.

—No se trata de la suciedad —dijo—. Es que te pasas la vida en casa de los vecinos, y tú no te apellidas Zwoch, sino Pamperl.

Yago metió a su madre en casa, la llevó a la cocina, la obligó a sentarse en una silla, cogió el cuchillo grande de cortar carne, raspó los pegotes de la mesa que estaban duros como piedras y preguntó:

—¿Pretendes que me pase la vida solo aquí dentro?

—¡Claro que no! —contestó la señora Pamperl.

—¿O es que tienes algo contra los Zwoch? —quiso saber Yago.

—Por supuesto que no —repuso su madre.

—Entonces, ¿qué quieres en realidad? —preguntó Yago.

—Quiero —dijo la señora Pamperl— quiero, bueno, pues quiero... quiero...

Yago dejó de rascar y prestó atención.

—¡No quiero nada! —La señora Pamperl se levantó y le quitó a Yago el cuchillo grande de las manos—. Deja, lo haré yo.

«A esta mujer no hay quien la entienda», pensaba Yago. Salió de la cocina, permaneció unos segundos en el pasillo reflexionando y después volvió a pasar a casa de los Zwoch. Tenía que informar de una vez a Tete, Pups y al niñero que desde aquella tarde era un trabajador de la empresa de servicios relámpago ALMI.

A partir de aquel día, Yago comenzó a acudir a la casa Knitzdeibl en cuanto terminaba el colegio. Siempre encontraba al menos a uno de los cuatro empleados de la empresa trabajando. Yago le preguntaba entonces si había trabajo para él. Casi siempre lo había. Quitar a golpes el enfoscado suelto, acarrear escombros al jardín delantero, separar baldosines viejos de la pared, ir a comprar bocadillos de salchichas y botes de cola, llamar por teléfono o traer como «copiloto» en la vieja camioneta Volkswagen el material de trabajo necesario. Con Ludwig y Michael, Yago se llevaba tan bien como con Irma y Ágata. Cuando no tenían trabajo para él, regresaba a casa y comía en casa de los Zwoch.

A Pups le sentó muy mal la nueva vida que llevaba Yago. Cuando se presentaba a mediodía, le decía muy enfadada:

—¡Vaya, vaya, dichosos los ojos...! ¡Qué raro verte de nuevo por aquí!

Cuando Yago hablaba de la gente de ALMI, ella se burlaba.

—Me gustaría saber qué pueden tener esos sacatrastos.

En cierta ocasión incluso refunfuñó:

—Me parece estupendo que te paguen tan bien. ¡Porque es nuestro dinero! Es mamá la que paga a esos tipos.

Sus palabras ofendieron profundamente a Yago.

—¿Por qué dice esas cosas? —le preguntó a Tete.

—Está celosa —le dijo ésta—. Se ha enamorado de ti. ¿Es que no lo sabías?

Yago sacudió la cabeza consternado.

—Venga, hombre —exclamó Tete—. Cuando alguien te quiere, uno siempre lo nota.

Yago tragó saliva, carraspeó, volvió a tragar saliva y carraspeó de nuevo.

—¿Tú sabes quién te quiere a ti? —preguntó.

—Pues claro —Tete levantó la mano derecha y se puso a contar con los dedos—. Harry, el de mi clase; Jo, de la 50; Berti, del de natación, y, aunque todavía no estoy muy segura, Flo, el del coro.

—¿Y nadie más? —insistió Yago.

—¿Te parece poco? —dijo Tete, no sin orgullo. Después miró inquisitivamente a Yago—. ¿O es que queda alguien? —su voz se excitó—. ¡Dímelo ya! ¿Quién es? ¡No, déjame adivinarlo! —Tete se metió un pulgar en la boca y empezó a mordisquearlo—. ¿Mike, el de enfrente? ¿Es que te ha dicho algo?

Yago negó con la cabeza.

—¿El hijo del carnicero?

Tete cerró los ojos asombrada. El hijo del carnicero era un muchacho de diecinueve años, bastante guapo, y tenía un Porsche rojo.

«Ahora o nunca», pensó Yago.

—¡Yo!

—¿Quién? —Tete se inclinó para poder entender mejor.

—¡Yo! —repitió él, esta vez más alto.

Tete se echó a reír.

—¡Tonto! —exclamó—. ¡Qué manera de tomarme el pelo! Y yo mordiendo el anzuelo y pensando ya que tenía un admirador secreto.

Yago, con el corazón en un puño, contaba con una respuesta negativa a su declaración de amor. Pero no se le había pasado por la imaginación la posibilidad de que Tete ni siquiera se diese por aludida. ¡Eso le dolió! ¡Y de qué manera!

Decidió entonces mitigar su dolor interior trabajando duro. Se fue a su casa e hizo todos los deberes que había descuidado en los últimos tiempos debido a su trabajo en la empresa de servicios. Estuvo escribiendo hasta medianoche, hasta que estuvo tan rendido que la pluma se le cayó de la mano.

A la mañana siguiente, cuando estaba en el baño lavándose los dientes, mirándose en el espejo y comprobando que el amor roto de-una-vez-para-siempre no parecía haberle afectado, pues su reflejo ofrecía un aspecto asombrosamente sano y alegre, su madre le gritó desde la cocina:

—Hay una nota en tus vaqueros. ¿La necesitas para algo o puedo tirarla?

Yago corrió como una flecha a la cocina. A la

hora de tirar cosas, la señora Pamperl era tremenda, pero su hijo, con una insistencia machacona, la había acostumbrado a pedirle permiso antes de tirar nada.

Su madre estaba apoyada en la lavadora, con el pantalón que llevaba puesto Yago el día del espantoso viaje en la camioneta en una mano y una nota arrugada en la otra.

—Debe ser algo del colegio —indicó—. Hay títulos de libros y nombres de escritores. —Meneó la cabeza—. Me parece algo prematuro que deis a Musil y Benn y Amery. *¡El hombre sin atributos* no es para niños!

Yago le arrancó a su madre la nota de las manos.

—¡Sabía que me resultaba conocido! —exclamó escupiendo la espuma de la pasta de dientes.

A continuación se sentó en la banqueta de la cocina sin darle ninguna explicación a su madre. Con los ojos clavados en la nota murmuraba:

—No me molestes, tengo que pensar.

En la nota se leía:

Aristoso/Orlando furioso
Horkheimer/Crepúsculo
Stifter/Verano tardío
Jean Paul/El jardín florido
Musil/El hombre sin atributos
Amery/El proyecto real
Benn/Cartas
Goethe/Los padecimientos del joven Werther
Heinrich Heine/Sátiras

Yago estaba tan sumido en sus cavilaciones que no se enteró de que su madre se marchaba a trabajar. Como es natural, tampoco oyó su advertencia de que llegaría tarde al colegio si seguía ahí sentado. De pronto, unos timbrazos salvajes le arrancaron de sus meditaciones. Pups, Tete y Wuzi estaban con sus carteras en la puerta y se quedaron pasmadas de asombro al verle en pijama y con espuma de pasta de dientes en la boca.

—¿Estás enfermo otra vez? —preguntó Tete.

—¿O es que te has roto algo haciendo deporte? —preguntó Pups.

—Seguro que se ha dormido —comentó Wuzi.

—He estado perdiendo el tiempo —dijo Yago—. Id solas. ¡Adiós!

Y les dio con la puerta en las narices.

—¡Esto es increíble! —exclamó Pups—. ¡A éste le falta un tornillo! Al parecer, desde que tiene nuevos amigos ya no le interesamos.

—¡Eso es mentira! No te lo crees ni tú —replicó Tete—. La gente tan ensimismada está dedicada a sus ensoñaciones. Eso es todo.

Tete y Pups siguieron discutiendo hasta llegar a la puerta del colegio si la conducta de Yago se debía a sus ensoñaciones o era una demostración de rechazo, pero no se pusieron de acuerdo.

Tras despedir a toda prisa a las hermanas, Yago se fue a su habitación. Se sentó en su escritorio, cogió una hoja de papel y copió en ella con su mejor letra la lista de autores y títulos de la nota arrugada. Sobre la «a» de «Jean» de *Jean Paul/El jardín florido,* trazó un círculo azul y rojo. Con signo de admiración encima. Y también alrededor de la «M» de «Musil», de la línea *Musil/El hombre sin atributos,* trazó otro círculo azul y rojo con signo de admiración.

Ahora estaba sentado murmurando:

—¿Qué más había? ¿Heine? ¿O Goethe? ¿O Stifter? ¡Era Heine! ¡Sí, seguro!

Pero no podía recordar alrededor de qué letra

dijeron Irma y Ágata que había un círculo. Miró el reloj. Las ocho menos cinco. ¡Y no podía encontrar a Irma o a Ágata en la oficina de la empresa hasta cosa de las nueve, quizá incluso hasta las nueve y media!

Yago libró una breve batalla para organizar la mañana. «Si me visto ahora y me voy corriendo al colegio», se decía, «sólo llegaré a tiempo a la segunda clase. Las matemáticas ya las tengo perdidas. Y después ya no hay nada importante. ¡Así que puedo fumarme las clases!»

Pero también pensó: «Hacer novillos dos veces en tan poco tiempo es demasiado, la verdad. No hay que exagerar.»

Al final suspendió su decisión hasta comprobar si aún tenía alguna hoja de reserva en blanco firmada por su madre. De vez en cuando, Yago le sacaba con artimañas a su madre una firma sobre un folio en blanco. Para casos de apuro. No era difícil. Bastaba con decir por la mañana, cuando su madre estaba a punto de irse, que tenía que escribirle urgentemente una «nota» para el colegio. Después se inventaba una «Información sobre el comienzo de las vacaciones» o una «Campaña especial de vacunaciones en la escuela» o unas «Normas sobre el calzado escolar». Le recitaba a su madre un largo texto a toda velocidad y como ella tenía una prisa terrible, exclamaba siempre:

—¡Por favor, escribe tú mismo toda esa parrafada, yo tengo que irme!

A continuación estampaba su firma bien grande en una hoja de papel. A la cándida señora ni se le pasaba por la cabeza que su hijo no fuera a escribir nada sobre la vacunación en la escuela, sobre el calzado escolar o sobre el comienzo de las vacaciones.

Encontró en su escritorio un papel en blanco firmado por su madre. La hoja tenía las esquinas algo dobladas, pero se podía utilizar. La suerte estaba echada.

Yago se preparó un segundo desayuno: zumo de naranja y un huevo al plato; vio las noticias matinales por televisión, se cortó las uñas de los pies, y a las nueve y media en punto llamó a la oficina de ALMI.

Irma se puso al teléfono.

—¡Sí! ¡Exactamente! —dijo—. En Heine era una «I» y en *Verano tardío,* de Stifter, la «S». No me cabe la menor duda. Puedes estar seguro de ello.

Yago le dio las gracias por la información, volvió a su escritorio, cogió otra hoja de papel y escribió:

. . S A M . . . I

Contempló largo rato aquel ..SAM...I Al final murmuró:

—Esto no sirve para nada. Todavía...

Cogió la lista de autores y títulos, tachó la línea de Stifter, la de Musil, la de Heine y la de Jean Paul, observó detenidamente las líneas siguientes y se dijo a sí mismo:

—Hasta que no contemple esto, no hay nada que hacer.

Luego se vistió a toda prisa y abandonó la casa.

CAPÍTULO 8

en el que se trabaja duramente
y se resuelven adivinanzas,
el señor Perz sugiere pistas completamente nuevas
y Yago tiene que volver a practicar la autohipnosis.

Yago pasó tres largas tardes en el almacén de la empresa de servicios relámpago, situado en las afueras de la ciudad. Volvió a revisar a conciencia todos los libros de la Knitzdeibl. Pero ahora al menos no tenía que sacudirlos con cuidado. Se limitaba a mirar el autor y el título. Y además le pagaban por el duro trabajo.

—Así matamos dos pájaros de un tiro —le dijo Irma—. Tú puedes dedicarte a buscar tus círculos misteriosos y mientras tanto ordenas los libros para nosotros. De la A a la Z, por los apellidos de los autores.

—Antes de saber lo que tenemos, no podemos ofrecer los libros a ningún anticuario —le explicó Agata—, pues no los pagarían al peso y nos desprenderíamos por una miseria de rarezas carísimas y de primeras ediciones maravillosas.

La primera tarde Yago encontró *Los padecimientos del joven Werther.* Soltó un grito de alegría. ¡Sus sospechas eran ciertas! En torno a la «d» de «padecimientos» había pintado un círculo azul y rojo. Con tres signos de admiración encima.

La segunda tarde descubrió *Ariosto/Orlando furioso.* Con un círculo alrededor de la «A». ¡Y signos de admiración encima!

La tercera, acabó con el resto de la montaña de libros sin encontrar ninguno de los buscados. Aún le faltaban tres letras.

Su lista de letras y puntitos, mirada horizontalmente, decía ahora: A.SAM.DI.

Yago estaba muy decepcionado en medio de veintiséis montones de libros, de los que el montón de la Q y el montón de la X-Y eran muy pequeños. Pensó: «Es fácil que con las prisas haya pasado por alto los tres malditos chismes. ¿Debo volver a empezar desde el principio? ¿Otros tres días más? ¡Acabaré volviéndome loco!» Mientras estaba sumido en sus reflexiones, llegaron Irma y Ágata para recogerle. Le alabaron mucho por los veintiséis montones exactos de libros.

—Pero me siguen faltando tres letras —se lamentó Yago.

Irma y Ágata miraron con el ceño fruncido la nota en la que se leía A.SAM.DI.

—No hay muchas palabras que terminen en «i» —apuntó Irma.

Ágata comentó:

—Pero a lo mejor son dos palabras.

—En cualquier caso está claro que en el lugar del primer puntito tiene que ir una letra de *Horkheimer/Crepúsculo* —observó Irma.

Ágata lo intentó.

—Ahsam, Aosam, Arsam, Aksam, Aisam, Amsam, Adsam, Ausam, Ansam, Agsam —meneó la cabeza—. ¡Esto no tiene sentido! Yago, creo que todo esto se va a quedar en agua de borrajas, estás siguiendo una pista equivocada.

—¡Es imposible que se trate de un error! —exclamó Irma—. Esto tiene que tener algún sentido. Seguro que la vieja no ha hecho los círculos por diversión.

Ágata se echó a reír.

—Desde luego, si se dedicaba a hacer círculos

alrededor de las letras, estaba como una cabra. Eso no es propio de personas normales. Todo el mundo sabe que los locos suelen hacer cosas sin sentido.

—No estoy de acuerdo —la contradijo Irma—. La gente no les encuentra sentido, pero sólo porque no las comprenden.

Durante todo el camino de regreso, Irma y Ágata discutieron si una persona «normal» podía entender las acciones de un «loco». Yago no intervino en la discusión. Iba sentado en el asiento de atrás con la vista fija en la nota en la que estaba escrito A.SAM.DI, esperando algo parecido a una «chispa» que hiciera la luz en su mente. Pero no surgía. Lo único que se le ocurrió fue que tal vez la Knitzdeibl no hubiera prestado libros solamente al señor Perz. Quizás se los había dejado a mucha más gente. Quién sabe si había prestado los tres libros que no había encontrado...

Acaso el señor Perz no hubiera devuelto todos los libros. Quizá tuviera aún algunos rodando por su casa.

Irma paró en doble fila para que descendiera Yago. Cuando éste tenía ya las dos piernas fuera del coche, Ágata gritó:

—¡Un momento, un momento! Quedan unos libros ahí detrás, en el maletero. Los recogí en la cochera. Se cayeron de las cajas cuando nos los llevamos.

—Abre el maletero, por favor —rogó Yago a Irma.

—¡En doble fila, imposible! —replicó ésta.

—Terminaré en seguida —insistió Yago.

—Vale —contestó Irma entregándole las llaves con un suspiro.

Yago corrió como una flecha hacia el maletero y lo abrió.

Había un montón de herramientas mezcladas, una escobilla, un mono muy sucio, una cuerda de remolcar y una caja con unos veinte libros.

—¡Date prisa, Yago! —gritó Irma con tono de impaciencia—. ¡Los de ahí atrás van a lincharme de un momento a otro!

Detrás del coche se había formado un pequeño atasco, con un conductor impaciente que no paraba de tocar la bocina. Yago sacó la caja de libros del maletero, la dejó en la calle, cerró con fuerza la puerta del maletero, le devolvió las llaves a Irma y corrió hacia su caja. Irma salió disparada. Yago necesitó de todos sus fuerzas para ponerse a salvo en la acera antes de que le atropellaran.

En la escalera de su casa, entre el primer y el segundo piso, revisó su contenido.

—Por favor, por favor, haz que estén los tres libros. Por favor, por favor... —murmuraba con tono suplicante.

Ni el propio Yago sabía a quién imploraba con tanto ahínco. Quizá a un poder desconocido y misterioso. ¡Al buen Dios no, desde luego! A Él no se atrevía a molestarle con asuntos de detectives y de herencias.

El poder desconocido y misterioso se mostraba periódicamente benévolo con Yago en un treinta y tres coma tres por ciento. *Gottfried Benn/Cartas* estaba en la caja.

Y alrededor de una «n» había un círculo.

Yago se sacó la nota del bolsillo y anotó la «n». Ahora podía leerse: A.SAM.DI. ¡Pero Yago seguía *in albis!*

Con un suspiro cogió la caja y la subió escaleras arriba mientras meditaba: «¿Debo informar a algún miembro de la familia Zwoch? Y en caso afirmativo, ¿a quién contarle lo de A.SAM.DI?». Decidió dejar las cosas como estaban. No quería correr el riesgo de volver a quedar en ridículo.

Cuando llegó al rellano de los Zwoch y de los Pamperl oyó voces excitadas y agua corriendo. El ruido del agua procedía de su propia casa.

Tras vacilar un momento, abrió la puerta. No quería que su madre volviera a echarle en cara que estaba más tiempo con los vecinos que con ella. Pero, cosas de la vida, se encontró a su madre en la ducha.

—Yago, me han invitado a ir al cine —le comunicó a gritos—. No me ha dado tiempo de hacer la compra. ¡No queda nada en casa! Pero los Zwoch tienen filetes. Lotte ha dicho que te hará uno.

Yago llevó a su cuarto la caja de libros, después fue al baño, descorrió la cortina de la ducha y le mostró a su madre la nota escrita con las letras A.SAM.NDI.

—¿Se te ocurre algo? —le preguntó.

—Acércamela un poco más —pidió su madre—. No llevo puestas las lentillas.

—Entonces se mojará —dijo Yago.

Su madre cerró el grifo. Yago mantuvo la nota pegada a sus ojos.

—¿Qué significa esto? —preguntó ella.

—¡Eso es lo que pretendo que me digas!

La señora Pamperl salió de la bañera, se enrolló una toalla alrededor del cuerpo, cogió la nota y meneó la cabeza.

—No le encuentro ningún sentido —dijo—. ¡En serio! ¿Es un jeroglífico?

—Es un misterio —contestó su hijo.

Y tras guardarse la nota, se marchó a casa de los Zwoch en busca de su filete.

Toda la familia Zwoch, niñero incluido, estaba en casa. Vio en el pasillo una maleta preparada, que indicaba la próxima partida del padre. El clima que reinaba en el hogar de los Zwoch no era precisamente idílico. Todos, el niñero incluido, tenían caras largas. Yago se acordó de las voces excitadas que había oído al llegar.

—¿Ha habido bronca? —le preguntó a Wuzi.

Ésta asintió.

—¿Por qué? —quiso saber Yago.

—Porque papá se marcha otra vez en lugar de ocuparse de la casa —contestó Wuzi—. Porque Xandi quería irse de vacaciones la semana que viene y tendrá que ocuparse de nosotras. Porque Tete y Pups todavía me echan en cara lo de la hucha y tenían que haberlo olvidado —Wuzi se metió con la lengua un rizo en la boca y empezó a mordisquearlo—. Y por un par de cosas más que se me han olvidado.

Tete le contó entonces a Yago el «par de cosas» que había olivdado Wuzi. Cuestiones de dinero. Xandi Winterstein quería un aumento de sueldo del quince por ciento. La señora Zwoch quería que, en lugar de pedir un tercer créedito, el señor Zwoch vendiera su valiosa colección de monedas. Y el señor Zwoch quería que su mujer volviera a darle un sablazo a la abuela Kripsmeier. Una suma considerable. ¡Quinientos mil chelines!

—Pero ¿tanto cuesta la reforma? —preguntó Yago horrorizado.

—Es el precio que Ottokar Schnorr pide por el jardín —le explicó Tete—. Por eso mamá está ahora furiosa también con nosotras. Porque papá nos quiere dar gusto.

Pups se reunió con ellos. Era uno de sus días buenos y renunció a meterse con Yago.

—Y eso que tarde o temprano el café y todo lo de la abuela será de mamá —apostilló—. ¡Qué más da que reciba los quinientos mil chelines ahora o dentro de unos años!

En ese momento la madre los llamó a la mesa.

Cuando Yago, Pups y Tete entraron en el cuarto de estar, el ambiente no sólo estaba enrarecido, sino que se había iniciado una nueva y violenta discusión. Y todo porque el señor Zwoch había dicho:

—¡Cómo! ¿Otra vez filetes? ¡Estoy de filetes hasta la coronilla!

—¡Son rápidos de hacer! Si no te gustan, ¡métete tú en la cocina! —replicó su mujer.

El señor Zwoch dijo entonces que, con un poco de imaginación, de la que al parecer carecía su mujer, también se podían preparar otros platos rápidos y sabrosos.

La señora Zwoch replicó que no toleraba que le dijera que no tenía imaginación. Y de pronto, los dos comenzaron a gritarse. De una forma verdaderamente infantil.

—¡Déjame en paz!

—¡Déjame en paz tú a mí!

—¡Se me está quitando el poco apetito que me quedaba!

—¡A mí se me ha quitado hace rato!

—Estas escenas le hacen a uno perder el apetito —murmuró el niñero pasándole a Yago su filete.

Después se levantó, fue a la cocina y volvió con una maza para carne y un rodillo de amasar. Le entregó la maza a la madre y el rodillo al padre.

—¡No es cortéis un pelo, amigos míos! —exclamó—. ¡Para qué andarse con chiquitas! ¡A matarse se ha dicho!

Pups, Tete y Wuzi comenzaron a dar gritos de satisfacción. La madre y el padre contemplaron avergonzados los utensilios de cocina que tenían en las manos.

—¡Adelante! —gritó Wuzi—. ¡Me pido ser el árbitro!

Su padre dejó el rodillo sobre la mesa y le dijo a su mujer:

—¡Perdona, tesoro! ¡Me he pasado un pelín!

La madre apartó la maza.

—¡Lo siento, cariño! —le dijo a su marido—. ¡Yo también! —y después, dirigiéndose a sus hijas y a Yago—: ¡La culpa es de estos odiosos problemas de dinero! Te vuelven loco y te hacen ser injusto.

Yago, mientras troceaba su segundo filete, pensaba: «Tengo que resolver a toda costa el misterio de los círculos, o si no, lo de la maza y el martillo acabará sucediendo de verdad.»

Al día siguiente, a mediodía, cuando Yago llegó a la casa Knitzdiebl, vio a tres albañiles colocando marcos nuevos en las ventanas y en las puertas. De la gente de ALMI sólo estaba Ágata.

—He venido únicamente a echar un vistazo, para ver si va todo bien —le dijo—. Tengo que regresar en seguida a la oficina. La semana que viene habremos acabado aquí. Ahora le toca el turno al constructor. Nosotros no podemos continuar hasta que él haya terminado.

—Qué pena.

Yago lo sentía. Se había acostumbrado a trabajar por las tardes con la gente de ALMI.

—Pero Ludwig y Michel —continuó Ágata— van a desalojar esta tarde el cuchitril de un consejero. Muy cerca de aquí —Ágata sacó de su bolsa una tarjeta con un número de teléfono—. A lo mejor ya están allí. Llama. Seguro que ellos te necesitan. Para empaquetar y bajar cosas menudas.

—¡Hecho! —exclamó Yago resplandeciente.

—Si esperas diez o quince minutos, te acercaré a una cabina —le dijo Ágata—. Tengo que discutir unas cuantas cosas con los albañiles.

—Pasaré a telefonear a casa del señor Perz —dijo Yago y se marchó.

—Hasta ahora, Yago —le gritó Ágata mientras se alejaba.

Él cruzó la calle silbando. «No me quieren únicamente para la casa Knitzdeibl», pensaba rebosante de satisfacción. «También desean que les ayude en otras ocasiones. Esto va a ser un auténtico trabajo fijo. ¡Me voy a convertir en el niño más rico en muchas millas a la redonda!»

El señor Perz abrió en cuanto sonó el primer timbrazo.

—¿Quieres volver a telefonear? —le preguntó.

Yago asintió. El señor Perz le dejó pasar.

—Ya sabes dónde está el teléfono.

Yago descolgó el aparato y marcó el número apuntado en la tarjeta. No contestó nadie.

—Bueno, pues espera unos minutos aquí —le sugirió el señor Perz.

—¿No molesto? —preguntó Yago.

—Al contrario —dijo el señor Perz sentándose en una banqueta tapizada en terciopelo rojo. Yago se sentó frente a él.

—¿Y sus gatos? —preguntó.

Ahora no estaba de servicio, de modo que podía jugar tranquilamente con ellos.

—En algún rincón del jardín trasero —contestó el señor Perz—. Cazando ratones. ¿Qué, habéis encontrado ya alguna pista? ¿Alguna nota reveladora? —preguntó a continuación—. Ya le dije a tu hermana que tenía que haber algo.

—Perdone, pero no es mi hermana. Yo sólo soy el niño de la vecina —precisó Yago.

Pero el señor Perz, sin prestar atención a la aclaración, prosiguió.

—Yo sé que la vieja tenía dinero. Si no está en el banco, tiene que estar escondido en algún sitio. ¡Ah! Era tremendamente olvidadiza. Lo apuntaba todo. Lo importante, claro. Es imposible que no haya anotado lo más importante de todo.

Yago se mordisqueó el labio inferior mientras pensaba hasta qué punto podía confiar sus secretos al señor Perz. «Mejor no», pensó. «Me tomará por loco».

—¿Le prestaba también libros a otras personas la señora Knitzdeibl? —se limitó a preguntarle.

El señor Perz negó con la cabeza.

—¿Ésa? ¡Seguro que no! Era de lo más desconfiada. Habría tenido miedo de que no se los devolviesen. Yo era la única persona en quien confiaba. Aparte de mí, no dejaba pasar a nadie a su casa. A excepción de Ottokar Schnorr, naturalmente. Era sobrino de su marido, pero no le caía nada bien.

—Y usted, ¿no tendrá todavía por casualidad algún libro suyo? —preguntó Yago.

El señor Perz dio un respingo.

—¿Qué insinúas? —gritó muy enfadado—. ¿Es que me tomas por un mentiroso? ¿Piensas que quiero quedarme con algo que no me pertenece? ¡Esto es el colmo! ¡Lo que hay que oír!

—Por favor..., por favor... —le interrumpió Yago—. No quería decir eso. Es que... bueno, yo...

Yago opinó que había llegado el momento de confiar su secreto al señor Perz.

—... Es que he descubierto una cosa muy extraña.

—¿De qué se trata? —al señor Perz se le veía aún muy sulfurado y ofendido.

Yago le contó el asunto de las letras y los círculos sin omitir detalle. Necesitó un buen rato para que el anciano lo entendiera, pero al fin lo consiguió.

—A ver, enséñame esa nota tuya tan misteriosa —le dijo el señor Perz.

Yago le mostró las letras A.SAM.NDI. El señor Perz se puso las gafas y examinó durante unos segundos lo escrito.

—Faltan una «r» y una «a» —concluyó—. Seguro que tiene que decir *Ars Amandi.* Es latín y significa «El arte de amar».

Yago se quedó mirando pasmado al señor Perz. «¡El arte de amar! ¡Eso era un fracaso en toda regla! ¡Podía tirar la maldita nota al retrete! Tres tardes de trabajo agotador en vano. Cuánta razón tenía Ágata. La gente loca hace cosas locas. Era una locura intentar buscarle un sentido. ¡Se acabó! ¡Basta! ¡Fin de la búsqueda del tesoro! ¡De una vez para siempre!

El señor Perz se reclinó en el respaldo y cerró los ojos.

—*Que tu espíritu tenga siempre la confianza de que puedes conseguirlo todo* —le dijo—. *Te bastará con lanzar la red.*

«Ahora encima se ha vuelto loco también éste», pensó Yago.

—Por desgracia no puedo seguir —el señor Perz volvió a abrir los ojos—. Antes me sabía páginas enteras de memoria. En otros tiempos, Ovidio fue mi poeta favorito.

—Perdone, ¿quién es Ovidio? —preguntó Yago.

—El que escribió *Ars Amandi* —contestó el señor Perz.

—¿Cómo? ¿Quiere decir que se trata de un libro? —Yago estaba ahora completamente confundido.

—Sí, y muy famoso, por cierto —le explicó—. Pero no es para niños. Demasiado sexo.

El señor Perz se levantó de un brinco.

—¡Maldición! —exclamó—. Ahora los libros han

sido vendidos y nadie podrá averiguar si el *Ars Amandi* ocultaba una fortuna.

Muy alterado, se llevó ambas manos a la calva.

Yago sacudió la cabeza.

—Los he revisado uno a uno —le informó—. No había ninguna fortuna.

Con las manos en la calva, el señor Perz daba pequeños paseos de un lado a otro.

—Era un libro así de grande. Rojo vivo. Estaba en una funda de tela. También rojo vivo.

—Retiró las manos de la cabeza y le indicó la longitud y la anchura del libro.

Yago volvió a sacudir la cabeza.

—No he encontrado un libro parecido. Ninguno de ellos tenía ese color. Y menos dentro de una funda. Seguro que no. Me habría dado cuenta.

El señor Perz volvió a sentarse frente a Yago.

—¿Estás completamente seguro?

Yago asintió.

El señor Perz entornó los ojos.

—Pues el libro estaba en su sitio una semana antes de su muerte. En la biblioteca, sobre un sofá raído tapizado en terciopelo. Quise que me lo prestara, pero me dijo que nunca se separaba de él —el señor Perz hizo un gesto de asentimiento dirigido a sí mismo—. ¡Me dejó de piedra! Ahora lo entiendo. ¡Cómo iba a prestar un libro con una cartilla de ahorros dentro!

Y estirando el brazo derecho, señaló hacia la ventana.

—Seguro que lo tiene él —afirmó.

—¿Quién? —preguntó Yago confundido.

—¡Schnorr! —exclamó el señor Perz—. Ya vi luz ahí enfrente una noche. Seguro que era él. Al rato se apagó la luz, pero no salió nadie por el portón. ¡Claro! ¡Seguro que entró por detrás, cruzando el jardín! El anciano caballero se sentía cada vez más excitado—. Sin duda descubrió dónde guardaba su tía la cartilla de ahorros. No debió costarle trabajo a ese bribón abrir la puerta de la casa...

—Pero no se ha comprobado que hubiera una cartilla de ahorros en el libro —objetó Yago.

—¡Ni falta que hace! —exclamó el señor Perz—. ¡Todo encaja!

A pesar de que Yago no comprendía una palabra, no le contradijo. Las nueve letras encerradas en un círculo en diferentes libros habían resultado ser el título de otro libro. ¡Y era evidente que el señor Perz no podía ver a Ottokar Schnorr ni en pintura! Pero aparte de eso, las piezas del rompecabezas no encajaban ni a tiros.

Yago se levantó y llamó a nuevo al número que le había dado Ágata. Esta vez comunicaba. Decidió volver a casa, comer con los Zwoch e intentar telefonear más tarde.

—Pero cuéntale a tus padres mis sospechas —recomendó el señor Perz al despedirse.

Yago renunció a explicarle otra vez que él era el niño de la vecina.

Durante todo el camino de regreso a casa, no dejó de preguntarse si debía contarle a «sus padres» las sospechas del señor Perz. Al final llegó a la conclusión de que, si lo hacía, la señora Zwoch se burlaría de él. Y su marido ni siquiera estaba, había salido de viaje para no variar. «Se lo diré a Xandi», pensó. «Él es el más sensato de todos».

Nada más tomar asiento en la cocina de los Zwoch, decidió informar en seguida a Xandi de la nueva hipótesis sobre el tesoro de la Knitzdeibl. Pero el niñero estaba completamente ocupado con Wuzi, que se quejaba de que hubiera compota de manzana con bizcocho. ¡Ella no soportaba la compta de manzana! ¡La que le gustaba era la de pera! ¡Y el bizcocho tenía muy pocas pasas! ¡Y estaba casi quemado por fuera!

El niñero retiró con un tenedeor los trocitos de costra del plato de la niña y le añadió unas cuantas pasas más por encima. Yago esperó a que acabase para contarle las sospechas del señor Perz.

—Yago, ¿te vienes conmigo a nadar? —le preguntó Pups.

—No puedo decírtelo todavía —contestó—. Tengo que llamar a Irma. Si no la encuentro, me iré contigo a la piscina.

—¡Olvídalo! —bufó Pups—. ¡Yo no soy el segundo plato de nadie!

Y, tras coger su ración de bizcocho, se marchó a su cuarto. Yago la siguió perplejo con la vista.

—¿Pero qué bicho le ha picado? —le preguntó a Tete.

Ésta se metió en la boca un trozo de bizcocho con el tenedor.

—Hay que ver lo insensible que eres —contestó mientras masticaba—. ¿No ves que está celosa de la tal Irma? La verdad es que no me extraña. Irma por aquí, Irma por allí, ¡te pasas el día hablando de ella! Sin ninguna delicadeza. Cómo se nota que no tienes ni idea de cómo se siente alguien que ama sin ser correspondido.

—A lo mejor sí que la tiene —dijo el niñero sonriendo socarrón.

—¿De verdad? —Tete se atragantó, tosió y escupió trozos de bizcocho masticado.

Esforzándose por recuperar el aliento, se inclinó hacia Yago y preguntó muerta de curiosidad:

—Dime de quién se trata, niño de la vecina. ¿Cómo es que no me he enterado?

Yago hurgó en su bizcocho con el tenedor, pero siguió mudo.

—¡Vamos, suéltalo de una vez! —Tete le daba empujoncitos en las costillas.

—¡Déjame en paz! —murmuró.

Pero Tete siguió con sus empujoncitos mientras repetía entre risitas que Yago tenía que confesar quién era su «enamorada». Ella tenía derecho a enterarse de algo así, siendo como era amiga suya desde hacía diez años.

—¡No me digas que es la tal Irma! —exclamó—. A que va a resultar que Pups tenía razón...

Entonces Yago escapó a su casa. Irritado, se calentó la menestra de verduras que había preparado su madre. Se zampó sin ganas dos platos. Después se tumbó en su cama y probó a ver si la autohipnosis también podía aplicarse al mal de amores. Durante una hora estuvo repitiéndose frases como las que siguen:

—Ya no amo a esa vaca burra... No queda en mí ni una chispa de amor... Me resulta completamente indiferente... No es más que la niña de los vecinos... No la quiero nada.

Tras un trabajo tan agotador, Yago, rendido, se durmió y soñó con una casa de color rojo vivo en la que vivía Ottokar Schnorr. La casa estaba repleta de montones de fundas de libros de color rojo chillón, todas ellas con las páginas repletas de círculos azules y rojos y signos de admiración. En la casa de color rojo vivo también había una niña. Cuando el Yago del sueño cerraba el ojo derecho, la niña tenía el cuerpo de Pups, pero la cabeza de Tete, y cuando cerraba el izquierdo, aparecía con el cuerpo de Tete y la cabeza de Pups. ¡Era horrible! Y entonces la niña decía: «Te quiero, Yago» con la voz de Irma. En su sueño también aparecía el señor Perz intentando enfrentarse en un duelo a Ottokar Schnorr. ¡Con sables! Los había traído él. Ottokar

Schnorr, muerto de miedo, empezaba a temblar, sacaba una cartilla de ahorros del bolsillo del pantalón y se la entregaba a Yago. Pero en ella no había más que largas columnas de letras, ¡dentro de círculos azules y rojos y con signos de admiración encima!

Yago se despertó empapado de sudor. Su madre, de pie delante de su cama, le miraba con expresión preocupada.

—¿Estás enfermo otra vez? —le preguntó.

Se incorporó jurando y perjurando que estaba sano, aunque algo fatigado.

—Me he pasado horas estudiando —mintió.

La señora Pamperl movió la cabeza conmovida.

—¡Pero Yago, hijito...! Si tienes muy buenas notas. No hace falta que te mates a estudiar. Me siento igual de satisfecha cuando traes un par de sobresalientes y notables. ¡De veras!

Sus palabras le conmovieron y la acompañó a la cocina. Su madre comenzó a prepararle la cena.

—Estás pálido como la cera —dijo la señora Pamperl mientras freía las empanadillas—. Esos profesores están locos. ¡Mira que apretaros de esa forma! Me parece que voy a tener que hablar con tu tutor.

«¡Cielos, no!», pensó Yago. Precisamente esa misma mañana su tutor le había dicho que si las cosas continuaban así y no mejoraba su rendimiento, no le quedaría otro remedio que pedir a su madre, por las buenas o por las malas, que acudiera al colegio.

—¿Qué te pasa? —le había preguntado el tutor—. No es normal que hayas dado un «bajón» semejante de golpe.

Yago se calló. ¿Cómo decirle que estudiar, buscar tesoros, trabajar media jornada y sufrir mal de amores era muy difícil de compaginar?

CAPÍTULO 9

en el que Yago comienza una nueva vida y es Wuzi, sorprendentemente, la que lleva a buen puerto la búsqueda del tesoro.

La autohipnosis de Yago parecía surtir efecto. Se dio cuenta en cuanto terminó de cenar las empanadillas. Su amor por Tete no había desaparecido, pero ya no le dolía tanto. Y —como buen matemático que era— se dijo juiciosamente a sí mismo: «Yo tengo ahora 11 años y ella 13. Así que soy aproximadamente un 15% más joven que ella. Y ese 15%, es la razón de que no desee oír hablar de mi amor. Pero cuando tenga 20 años, ella tendrá 22, y entonces sólo seré un 10% más joven. Y cuando tenga 30 ella habrá cumplido 32 y los porcentajes habrán descendido ¡a apenas 5%! Esa minucia ya no será digna de tomarse en cuenta. Así que de año en año», se consolaba Yago, «el problema se irá solucionando por sí solo». Su otro problema amoroso, el de Pups, no le parecía una tragedia. Al fin y al cabo, el que sufría no era él, sino Pups. Además, estaba convencido de que una chica como ella —que era un 10% más joven que él— no tenía edad suficiente para sufrir mal de amores.

De este modo, Yago consiguió controlar hasta cierto punto sus dos problemas amorosos, y eso le alivió de tal forma que se sintió capaz de dedicarle más atención a las tareas del colegio. Había tomado una firme decisión sobre el asunto de los círculos azules y rojos, las fundas de libros de color rojo vivo y Ottokar Schnorr: en adelante, no le dedicaría ni uno solo de sus pensamientos. ¡Estaba harto! Bastante había tenido ya con las sesiones extra de autohipnosis. Fracaso tras fracaso y frustración tras frustración a lo largo de siete semanas era algo capaz de poner de un humor de perros incluso al chico más tenaz y optimista.

El día 15 de diciembre Yago escribió en su diario:

Vuelvo a ser de los mejores en todas las asignaturas y he de reconocer que es una sensación la mar de agradable que un profesor no te eche la bronca tres veces cada mañana.

He acordado con Irma que sólo trabajaré tres horas dos días a la semana. Eso supone aproximadamente trescientos chelines, cantidad que me convierte, a pesar de todo, en el niño más rico en muchas millas a la redonda.

Le he comprado a Tete para Navidad el jersey de angora color rosa que le gustó tanto cuando lo vio en el escaparate de una boutique. ¡Ahora puedo permitirme ese lujo!

A Pups le he comprado el mismo jersey en azul claro. Para que no esté triste. En cierto sentido, ser amado también impone ciertas obligaciones.

P.D.: Irma y Ágata siguen haciendo cábalas sobre las letras encerradas en los círculos. Y Perz continúa sospechando de Schnorr. No es capaz de librarse de esa manía. ¡Me alegro en el alma de haberme curado al fin de toda esa locura!

P.P.D.: Tete y Pups están hoy muy deprimidas. Ha quedado definitivamente claro que no van a tener el jardín. Su padre no puede conseguir los quinientos mil chelines que pide el señor Schnorr. La abuela Kripsmeier se niega a soltar una perra de la herencia de su hija. Y el banco tampoco les presta un céntimo más sin avalistas, y el señor Zwoch no los ha encontrado. Al final, la colec-

ción de monedas ha resultado ser mucho menos valiosa de lo que imaginaba su mujer.

P.P.P.D.: Pero Tete y Pups tienen que estar contentas de haber heredado una casa. ¡Un jardín paradisíaco encima, hubiera sido sencillamente una suerte exagerada!

Yago no se limitó a consignar en su diario la opinión de la «suerte exagerada», sino que se la confió también a Tete y Pups. Pero ellas acogieron muy mal sus palabras.

—Es una cuestión de justicia —le recordó Tete—. Nosotros podríamos hacer un montón de cosas en el jardín y ser felices en él. Sin embargo, el calvorota de Schnorr ni siquiera lo utiliza. Así que tampoco tiene derecho a él. ¡Es lógico!

—Ni siquiera siembra rabanitos, o lechugas —añadió su hermana—. ¡Lo tiene cubierto de maleza! ¿Por qué tenemos que aguantar nosotros tener a la vista un montón de ortigas, eh?

—¿Y por qué tengo que aguantar yo no haber heredado ni siquiera una casa, eh? —replicó Yago—. ¡Vaya con la justicia! ¿Y por qué tienen que aguantar otros niños no disponer ni siquiera de suficiente comida?

—¿Y eso qué tiene que ver con nuestro jardín? —gritó Tete—. Ningún niño hambriento va a saciar su hambre por el hecho de que Schnorr se quede con nuestro jardín!

Si Yago no hubiera amado a Tete, seguro que le hubiera contestado que dejara de decir estupideces. Pero como estaba enamorado de ella, se mordió la lengua.

—Aunque fuera vuestro, tampoco eso saciaría

el hambre de ningún niño hambriento —se limitó a contestar.

—Bueno, tal vez sí —medió Pups—. Podríamos plantar verduras para los niños hambrientos. Y fresas. Y hacer mermelada con ellas y regalársela a los pobres.

A Yago ese argumento le pareció demasiado falaz y estúpido como para discutirlo y cambió de tema.

—Bueno, contadme... ¿Qué os van a regalar para Navidad? —preguntó.

Tete y Pups le miraron enfadadas.

—A mí, tablas de cinco metros de longitud para el suelo. ¡Cincuenta y cinco piezas! —contestó Tete.

—Y a mí, veinticinco metros cuadrados de moqueta de pura lana virgen —informó Pups.

Wuzi, que entraba en ese momento por la puerta, exclamó:

—A mí, diez rollos de papel pintado lavable con dibujos de Micky Mouse.

—La abuela ya nos ha entregado nuestros regalos —comunicó Tete—. Un camión de cemento y otro de arena para cada una.

—Y Xandi nos va a regalar picaportes y herrajes para ventanas —dijo Pups—. ¡De latón!

—¡Pero a lo mejor existen de verdad los Reyes Magos! —exclamó Wuzi—. Y entonces me pondrán la Barbie con un vestido de noche.

En el fondo de su alma, Yago se apiadó de ellas. ¡Qué duro destino el suyo! Nada más que materiales de construcción como regalo de Navidad... Se sentía muy culpable porque en Navidad recibiría un traje de esquí, un ordenador y un velero teledirigido —eso garantizado—, además de veinte sorpresas más.

Wuzi no era exactamente santo de su devoción, pero a pesar de todo calculó mentalmente los ingresos que su trabajo le reportaría hasta el día de Nochebuena y se alegró de que llegasen para comprar una Barbie con un vestido de noche.

Le dio a Wuzi un tironcito de un rizo, muy suave, para evitar que se enfadase.

—Estoy segura de que los Reyes existen —dijo.

Pups se golpeó la frente cono el dedo.

—¡Está majareta! —se echó a reír—. Esta enana lleva tres años corriendo por ahí y explicándole a todo el mundo que los Reyes Magos no existen, que no es tan tonta como para creerse una bobada semejante, y de repente este año, simplemente porque se han esfumado los regalos, quiere volver a implantar la creencia en los Reyes —Pups le tiró a su hermana de uno de sus rizos, pero con menos suavidad que Yago—. ¡Quítatelo de la cabeza! ¡Y deprisita! ¡Porque si no, podrías colgarte del árbol de Navidad!

—Si lo tenemos —se lamentó Tete—. Me parece a mí que nuestros viejos quieren ahorrarse hasta eso.

—¡No! —gritó Wuzi—. No pueden hacerlo. Yo quiero uno como el de todos los años. Enorme. Con muchas velas de color rosa y bolas de color rosa y dulces de color rosa en forma de rosquilla.

—¿Rosa, dices? —Tete torció el gesto—. ¿Estás loca? Rosa es lo último. Se me revuelve el estómago sólo con ver ese color.

Yago pensó en el jersey de angora de color rosa que guardaba —muy bien empaquetado— en su armario.

—Tete, ¿se puede saber por qué? —preguntó palideciendo—. Hace unas semanas un jersey rosa que viste en un escaparate te pareció maravilloso. ¡Me acuerdo perfectamente!

¡Buf...! ¡Hace unas semanas! —dijo Tete, y su voz sonó como si hiciera una eternidad.

—Su sentido de los colores ha cambiado radicalmente desde hace una semana —le explicó Pups—. Y el mío también. ¿Es que no lo has notado?

—Los colores que nos gustaban —explicó Tete—, no pegaban nada con nuestro tipo.

—Porque hay colores diferentes para cada tipo —dijo Pups—. Toma, léelo si te interesa.

Cogió una revista de la mesita baja. «Suplemento de 24 páginas: ¿Qué tipo de color me va?», se leía en la portada.

Yago no abrió la revista.

—¿Y qué colores os gustan ahora? —preguntó.

—Violeta y verde esmeralda —contestó Tete.

—Burdeos y amarillo fuerte —respondió Pups.

Yago palideció aún más. Porque sólo había jerseys de angora en cuatro tonos. Rosa, azul claro, blanco y gris. Eso significaba que no había posibilidad alguna de cambiarlos.

—¡He de consultar una cosa con Xandi! —dijo Yago, saliendo del cuarto de estar.

El niñero estaba en el cuarto de baño, limpiando el espejo colgado encima del lavabo.

—Oye, Xandi, ¿se pueden devolver dos jerseys comprados hace una semana y pedir que te devuelvan el dinero? —le preguntó Yago.

—Hombre, por pedir que no quede, pero no te lo darán —contestó el niñero.

Yago se sentó en el borde de la bañera y le contó su tremenda equivocación con los regalos por lo del color.

Winterstein no se lo tomó a la tremenda. En su opinión, era muy posible que Tete y Pups cambiasen tres veces de gusto antes de Navidad y que en Nochebuena volvieran a encantarles el rosa y el azul claro.

—Esas dos no están bien de la cabeza —despotricó—. Hasta la comida la quieren ahora de color violeta, verde, amarillo y rojo. ¡A Tete le ha dado por las espinacas y las berenjenas, y a Pups por la salsa de tomate y los huevos! —el niñero tiró su bayeta contra el suelo de azulejos—. En fin, están en una edad difícil —suspiró—. Evidentemente el ser humano está en una edad difícil desde que nace hasta que muere.

—Pues por el momento yo me encuentro estupendamente —le contradijo Yago.

El niñero recogió la bayeta del suelo.

—Por lo menos hay alguien a quien le van bien las cosas —murmuró.

—¿Acaso a ti no?

El niñero meneó la cabeza.

—¡Una crisis en toda regla! —dijo—. Falta de sentido en general y montones de problemas de relación adicionales. ¿Me entiendes?

Yago no entendía ni palabra, pero asintió compasivo en señal de adhesión. A fin de cuentas, no ocurría todos los días que Xandi, sentado sobre el borde de la bañera, sostuviera con él una «profunda conversación de hombres».

—Elisabeth quiere dejarme. ¡Definitivamente! —el niñero volvió a arrojar la bayeta al suelo—. Porque me vio con Irma en el café. ¡Y sin embargo, todo fue totalmente inocente!

—¡Pues claro! —exclamó Yago—. ¡Si Irma está enamoradísima de Ludwig!

—Sólo me pasé por la casa Knitzdeibl —le contó el niñero—. Por lo de los picaportes y los herrajes de las ventanas. Irma sabe mucho mejor que yo lo que tengo que comprar para Navidad. Y como la casa estaba helada, nos fuimos al café para discutir el asunto. ¡Pero Elisabeth, esa bruta, no me cree!

—Irma podría confirmarlo —le sugirió Yago—. O Ludwig.

Yago pensaba que la visión del guapo Ludwig convencería más fácilmente a la tal Elisabeth de que Irma no podía sentir ningún interés por un tipo tan birrioso como Xandi.

—Es una posibilidad a tener en cuenta —el niñero volvió a recoger su bayeta—. La cuestión es ahora averiguar si realmente me apetece tener una novia tan desconfiada como Elisabeth —se levantó, sacó ropa sucia del cesto de la ropa y la introdujo en la lavadora—. ¡Tengo que saber lo que quiero! ¡Incluyendo lo relativo a mi profesión! No puedo ser eternamente el criado de los Zwoch —suspiró profundamente—. En fin, será mejor que hablemos de otra cosa —cerró de golpe la puerta de la lavadora—. Llevo bastante tiempo deseando preguntarte qué es todo eso de los círculos rojos y azules y del *Ars Amandi*. Irma estaba contándomelo justo cuando llegó Elisabeth y montó el número.

—¡Oh, nada, nada! —le aseguró Yago—. ¡Un disparate! ¡Olvídalo!

El niñero puso en marcha la lavadora.

—Pero ella me comentó que en el *Ars Amandi* había una cartilla de ahorros. Y que al parecer el tal Schnorr lo robó durante la noche.

—¡Olvídalo! —repitió Yago—. Sólo son bobadas.

—¿Que olvide qué...? ¿Dónde hay un bobo?

Wuzi había aparecido en el cuarto de baño. Con un sacapuntas en una mano y un lápiz con la punta rota en la otra. El lápiz era muy corto.

—No para de romperse —refunfuñó enfadada, entregando el lápiz y el sacapuntas al niñero.

Winterstein empezó a afilar el corto lápiz.

—Pues a Irma el asunto no le parece una bobada —le dijo a Yago.

Éste se encogió de hombros.

—Ahora ya da lo mismo que ochenta —respondió—. En el caso de que la Knitzdeibl hubiera metido de verdad su cartilla de ahorros en la funda de color rojo vivo...

—¿En qué funda de color rojo vivo? —preguntó

el niñero devolviéndole a Wuzi el sacapuntas y el lápiz afilado.

–Ese *Ars Amandi* –le explicó Yago de mala gana– parece ser que era un libro gordo de color rojo vivo que estaba metido en una funda. ¡Al menos, eso dice el señor Perz! Pero el libro ha volado. Y como Perz, al parecer, vio una noche luz en la casa, piensa que el tal Schnorr se lo llevó. ¡Porque sabía que su tía guardaba dentro la cartilla de ahorros!

Wuzi dejó caer el lápiz y el sacapuntas y abandonó corriendo el cuarto de baño.

–¡No es de extrañar que se te rompan siempre los lápices! ¡Pareces un búfalo! –le gritó el niñero, y con un movimiento de cabeza levantó el sacapuntas y el lápiz–. Me parece que en el segundo semestre voy a hincar los codos hasta que se me desgasten. Este trabajo te vuelve majara.

Yago asintió dándole la razón y renunció a decirle que en el transcurso de los últimos años ya había oído demasiadas veces sus propósitos de estudiar.

–Además sólo me faltan unas pocas asignaturas.

El niñero intentó contar con los dedos de una mano cuántas eran en realidad, meneó la cabeza, recurrió a la segunda mano, y al comprender que eran bastantes más de «unas pocas», miró ensimismado al infinito con expresión lúgubre. Yago no sabía si reconfortarle con unas palabras de ánimo o adoptar la misma expresión de tristeza para expesarle su simpatía. De este dilema le libró Wuzi, que volvió a aparecer de repente en la puerta del cuarto de baño sosteniendo en sus brazos algo que relegaba a un segundo plano cualquier intento de animar a Winterstein o demostrarle su simpatía.

–¿Hablabais de este libro por casualidad?

Wuzi les tendió a Yago y al niñero un estuche

de tela de color rojo vivo en el que estaba metido un libro de color rojo vivo.

ARS AMANDI, OVIDIO, se leía en el lomo del libro.

—Pups y Tete me dieron permiso para llevármelo, de verdad —dijo Wuzi—. Pensaba sacar el libro y guardar dentro mis dibujos, pero está demasiado apretado. ¡No hay forma de sacarlo! Y mis dibujos son tan grandes que no caben dentro.

Yago le arrancó a Wuzi de las manos el tocho de color rojo vivo y completamente atónito tartamudeó:

—Yo buscando... y buscando... y sin embargo... y sin embargo... Qué locura... Estaba aquí.

—Ha llegado el momento de la verdad —dijo el niñero con un brillo de excitación en sus ojos.

Yago intentó extraer el *Ars Amandi* de su funda, pero estaba apretado de verdad.

—Imposible —jadeó—. Es como si estuviera pegado.

—Sujétalo tú, yo tiraré —exclamó el niñero introduciendo los dedos entre el estuche y el libro—. ¡Por los clavos de Cristo! —resopló—. ¡Esto no hay quién lo saque! —y a continuación añadió—: En serio, Yago, ¡el libro está realmente pegado! Y te aseguro que eso significa algo.

—¿Sí? ¿Y qué es lo que significa? —preguntó Wuzi.

El niñero, en lugar de responderle, le gritó:

—¡Trae unas tijeras! ¡Y un cuchillo! ¡Deprisa!

Wuzi salió disparada. El niñero siguió intentando sacar de su funda el *Ars Amandi.* Resoplando y echando pestes tiraba del mamotreto de color rojo vivo, Yago aferraba el estuche resoplando y echando pestes igual que él, hasta que Wuzi llegó con un enorme cuchillo de sierra y las tijeras del pescado. Y tras ella, Tete y Pups.

—¿Qué pasa aquí? —preguntó Pups.

—¿Os habéis vuelto locos? —exclamó Tete.

Miraron asombradas al niñero, que acercó el cuchillo de sierra al estuche y se puso a serrar. Cogió las tijeras y empezó a golpear con ellas entre el estuche y el libro como si fuera un cincel.

—Oye, niño de la vecina —preguntó Pups—, ¿se puede saber qué es lo que pasa?

—¡Vamos, explícate de una vez! —exclamó Tete.

Pero Yago, con un gesto de impaciencia, les indicó que le dejasen en paz. El «momento de la verdad» se acercaba a pasos agigantados: el estuche estaba ya hecho trizas, cortado y serrado, y el niñero, dejando a un lado la tijera, arrancó los trozos de cartón y tela del *Ars Amandi*. Después le puso a Yago el libro manchado de cola en las manos.

—Esto es cosa tuya, vecino... —dijo.

Yago abrió el libro con dedos temblorosos. Primero apareció una hoja en blanco, luego otra en la que aparecía escrito con letras enormes: ARS AMANDI, y, debajo, OVIDIO. En la página siguiente se veía una mujer medio desnuda, apenas cubierta con un pedacito de tela plegada alrededor de la tripa. A continuación venía un poema en latín. Yago siguió pasando páginas, temblando como las hojas de un árbol. ¡Mujeres desnudas, hombres desnudos, poemas en latín!

—¡Ya decía yo que esto era un disparate! —musitaba.

Entonces tres hojas se deslizaron entre sus dedeos, y en la doble página que acababa de abrir vio unas notas pegadas. Cuatro. Dos en la página izquierda, sobre un poema latino. Otras dos en la derecha, sobre una pareja de enamorados besándose. Pegadas con celo. Las cuatro tenían escrito el mismo texto. Únicamente la fecha, anotada en la esquina superior derecha, era diferente.

—¿Qué pone ahí? —preguntó Wuzi.

El niñero, tras carraspear, leyó una de las notas con un timbre de voz como si fuera a hacer una prueba para la Ópera de Viena:

—Por la presente certifico que, con fecha de hoy, he recibido de la señora Teresa Cecilia Knitzdeibl ciento cincuenta mil chelines. Firmado: Ottokar Schnorr.

—Voy a volverme loca —gritó Tete—. ¡El tipo le debía a la Knitzdeibl seiscientos mil chelines!

—Y como Kurti es su heredero —dijo el niñero—, el bueno de Schnorr le debe ahora a vuestro padre esa misma cantidad.

—¡Pero si no tiene un céntimo! —exclamó Pups—. ¡El señor Perz dijo que está sin blanca!

—Imposible pagar una deuda cuando no se tiene nada —dijo Tete.

—¡Menudo chasco! —gritó Pups decepcionada—. ¡Pues que gane dinero, para que pueda devolvernos lo que nos debe!

—Sin embargo, él tiene algo que vosotras queréis —dijo, sibilino, Yago.

—¿Qué es lo que tiene? —preguntó Tete.

—¿Qué queremos? —quiso saber Pups.

—¡El jardín! —respondió Yago.

—El jardín... —musitaron Tete y Pups.

—¡El jardín! —vociferó Wuzi, y brincó como una pelota de goma nuevecita, primero varias veces en el mismo lugar, después en dirección al pasillo, pasillo a través, dentro del cuarto de estar, sin parar de dar voces.

—¡El jardín, el jardín, el jardín! —repetía.

Tete y Pups la siguieron, también chillando y dando saltos de alegría.

Yago, con el libro abierto en las rodillas, miraba el borde de la bañera preguntándose si, a pesar de sus «olvídalo» y sus «eso son bobadas», podría ser considerado un rey mago para las hermanas Zwoch.

El niñero le dio una palmada de aprobación en el hombro derecho.

—¡Acabas de ganarte una estatua en el jardín de la Knitzdeibl! ¡En mármol y bronce!

—¿Lo dices en serio? —preguntó Yago.

—¡Y tan en serio! —contestó Winterstein.

Y luego corrió a escape hacia la puerta de entrada, en la que sonaba violentamente el timbre, y le explicó a la señora Huber, del sexto, que de vez en cuando estaban permitidos estallidos de alegría infantiles a tres voces; sobre todo, cuando el «paraíso» estaba al alcance de la mano.

En realidad ya sólo queda por contar que a la mañana siguiente el señor y la señora Zwoch, sus tres hijas y Yago pidieron permiso para entrar en casa de Ottokar Schnorr.

Los miembros del grupo en edad escolar llevaban consigo sus carteras. En cada una de ellas, además de todos los chismes de clase, había una sincera nota de su padre para justificar la falta de la primera clase del día. «Por un asunto familiar urgente», se leía, «ruego disculpe que mi hija llegue tarde al colegio en el día de hoy».

El señor y la señora Zwoch hubieran preferido ir solos a ver a Ottokar Schnorr, pero Tete, Pups y Wuzi protestaron enérgicamente y se opusieron. No podían perderse la «entrevista» con el tipejo de Schnorr. ¡Y estaba claro que Yago también tenía que formar parte de la comitiva! ¡No podía faltar la persona que les había abierto el camino al «paraíso»!

—Hemos decidido compararle a usted el jardín —le dijo el señor Zwoch a Ottokar Schnorr.

—Me parece una propuesta razonable, muy razonable —contestó Ottokar Schnorr. Y añadió con tono de generosidad—: En caso de que en este momento no dispusiera usted de liquidez, puede pagarme más adelante un tercio de la cantidad total. ¡Con los correspondientes intereses, claro, faltaría más!

—¡No es necesario! —dijo la señora Zwoch—. En cambio, usted puede pagarnos el resto más adelante. ¡Con los correspondientes intereses, claro, faltaría más!

Sacó los pagarés de su bolso.

—Nos debe usted seiscientos mil chelines. Pide quinientos mil por el jardín, de modo que aún le quedan por pagar cien mil. ¿Me equivoco?

Ottokar Schnorr se puso colorado como un tomate. Sin embargo, saltaba a la vista que no estaba rojo de vergüenza, sino de ira.

—¡Ese dinero me lo regaló mi querida tía abuela! —gritó.

—No sea ridículo —replicó el señor Zwoch—. Nadie firma un pagaré por un regalo.

—¡Más tarde! ¡Me lo regaló más tarde! —exclamó Schnorr—. ¡Unos días antes de su muerte!

—Lo tendrá usted por escrito... O al menos dispondrá de algún testigo... —indicó la señora Zwoch.

—Porque si no lo tiene, sepa usted que no le creemos ni una palabra —remachó su marido.

—¡Esto es inaudito! —protestó Ottokar Schnorr.

—Claro que también podemos ir a juicio —advirtió la señora Zwoch.

Ottokar Schnorr se dio entonces por vencido.

—De acuerdo, de acuerdo... Ustedes ganan —dijo—. ¡No hay justicia en esta vida! Durante cincuenta años he sido el único sobrino. Nunca, nunca, nunca, se llegó a mencionar a ningún otro pariente. Lo más normal del mundo es que hubiera hecho testamento a mi favor.

—Pero no lo hizo —replicaron a dúo los señores Zwoch.

Ottokar Schnorr ya no supo qué contestar. Con cara de vinagre, se mostró de acuerdo en presentarse por la tarde en el despacho del notario Dr. Knie para firmar la escritura de venta.

Para terminar, transcribiremos la anotación que Yago consignó en su diario el día 23 de diciembre. Dice así:

¡Gracias a Dios, a Tete y a Pups vuelven a gustarles el rosa y el azul claro! Hemos ido a comprar el árbol de Navidad de los Zwoch. Xandi se llevó el metro. Para que el abeto no midiera más de dos metros. Pero Wuzi se ha empeñado y ha conseguido uno de tres y medio. ¡Y eso que las habitaciones de estos pisos sólo miden tres metros!

Tete opina que deberíamos trasladar el árbol a la casa nueva. Sus habitaciones tienen techos muy altos. Tal vez podríamos celebrar allí las navidades, en una casa en obras, con sacos de dormir y termos. Pero claro, sus padres se oponen. Sería maravilloso, pero para mí sería un problema, la verdad. No me puedo ir a celebrar las fiestas en otra cosa y dejar a mi madre sola, sentada al lado del abeto.

Bastante enfadada está ya porque los Zwoch me hayan asignado una habitación. Dijeron que me correspondía como recompensa por haber encontrado los pagarés. No sé qué tiene mi madre contra mi futura segunda residencia. No voy a darle más vueltas al asunto, ya que, de todas formas, pocas veces logra averiguar uno por qué otras personas son como son y actúan como actúan. ¡Xandi, por ejemplo! Hace escasamente una semaena me contaba que había roto para siempre con Elisabeth, que no quería tener una novia desconfiada y, sin embargo, ahora vuelven estar los dos como unos tortolitos y pretende preguntarle a los Zwoch si Elisabeth podría vivir con él cuando la casa esté terminada. Tete dice que de eso nada. Me confesó que había sitio suficiente, pero considerando cómo trata Elisabeth a Xandi, si encima le entrara la manía pedagógica, sería inaguantable. Un padre, una madre, un niñero y Elisabeth, todos deseando decidir y entrometerse, sería un verdadero infierno. Pero bueno, ya habrá tiempo para discutirlo. De todas formas, en ningún caso podremos mudarnos antes del verano.

¡Siento una profunda alegría al pensar en la llegada de la primavera! Cuando el suelo ya no esté helado, arreglaremos el jardín. Cavaremos la tierra, plantaremos, podaremos y cosas por el estilo. Tete ha dicho que va a comprar con su dinero un gran letrero de latón y mandará grabar una inscripción que dirá: ESTE PARAÍSO SE LO DEBEMOS A LA TENACIDAD DE YAGO, EL NIÑO DE LA VECINA. Pretende clavarlo en la corpulenta haya que crece en el jardín delantero. Sin embargo, no creo que eso vaya a beneficiar mucho al árbol, que digamos.

ÍNDICE

CHRISTINE NÖSTLINGER

Nació en Austria en el año 1936, en el seno de una familia humilde. Al finalizar el Bachillerato, sintió atracción por las Bellas Artes y se dedicó con pasión a la pintura.

Su primer libro consistió en unos dibujos a los que añadió un texto; pero la crítica se fijó en el texto y se olvidó de las ilustraciones. A partir de esta frustración, comenzó una carrera literaria rutilante.

Sus libros, que nacen de problemas reales, abordados sin dramatismo y casi siempre con humor o ironía, han recibido los mayores galardones, hasta culminar en el año 1984 con el Premio Andersen.

Este libro se terminó de imprimir en los talleres gráficos de Palgraphic, S. A. Humanes (Madrid), en el mes de julio de 2003.